獨腳鳥

黑森林

蜂兒

鳥鼠同穴

趣禽卷

張錦江等 著

# 新說山海經

中華教育

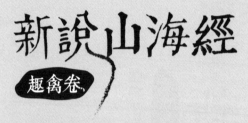

新說山海經
趣禽卷

| | | | |
|---|---|---|---|
| 印務 | 排版 | 裝幀設計 | 責任編輯 |
| 劉漢舉 | 陳淑娟 | 陳淑娟 | 楊安琪 |

**張錦江等◎著**

**上海颶爾文化傳播有限公司◎插畫**

出版　中華教育
　　　香港北角英皇道四九九號北角工業大廈一樓B
　　　電話：(852) 2137 2338　　傳真：(852) 2713 8202
　　　電子郵件：info@chunghwabook.com.hk
　　　網址：http://www.chunghwabook.com.hk

發行　香港聯合書刊物流有限公司
　　　香港新界荃灣德士古道220-248號
　　　荃灣工業中心16樓
　　　電話：(852) 2150 2100　　傳真：(852) 2407 3062
　　　電子郵件：info@suplogistics.com.hk

印刷　美雅印刷製本有限公司
　　　香港觀塘榮業街6號
　　　海濱工業大廈4樓A室

版次　2021年6月第1版第1次印刷
　　　©2021中華教育

規格　16開 (230mm×160mm)
ISBN　978-988-8759-30-9

當希臘神話融落在愛琴海中，愛琴海就有了神祕且迷人的魅力。

那時，我坐在一艘白色的遊輪上，由希臘的雅典到聖托里尼島去。

玻璃舷窗映着五月的陽光，海水深藍，泛着亮晶晶的波光，蕩漾着碎碎的波紋。我凝視着這無垠的平靜的海。

我在翻閱一本藍色的大書，書上有一個名字：荷馬。

這是古希臘偉大的盲人詩人。他為人類留下了宏偉巨著《荷馬史詩》。這部希臘神話經典講述的是由神的一個金蘋果引發的一系列故事，其源頭正是希臘民間神話傳說。

海的波褶中浮現出智慧女神雅典娜、天后赫拉、美神阿芙羅狄蒂縹緲的身影……

我在雅典衞城的巨石城堡中見到了巴特農神殿雅典娜塑像的原址，雅典娜不見了，只剩下空殿；我在靈都斯古鎮仰望了勝利女神的斷翼石、多

乳女神的殘胸碑；我在奧林匹亞瞻仰了神中之神宙斯與天后赫拉的神廟遺跡——那些完整的與倒塌的帶棱角的巨型圓柱；我還在德爾斐宗教聖地，於一塊鐘形的石柱前流連忘返，注視着這個被稱為「世界的肚臍」的地方，聆聽着音樂之神、太陽之神——美少年阿波羅那關於預言石與阿波羅神廟的傳說。

海面上流淌着、升騰着阿波羅豎琴的樂曲聲。

我在希臘這個神的國度裏，從那些數千年的斷瓦殘磚、古堡、石柱、垣壁中傾聽着一個又一個美麗而奇妙的神話傳說，隨便翻一片磚瓦，神話故事就會像一隻隻活靈靈的蟋蟀蹦跳出來。神話無處不在，神話無處不有。無論是牛頭人身怪米諾陶洛斯，還是看一眼就讓人變成石頭的女妖美杜莎，又或是一歌唱就讓人丟魂的人頭鳥塞壬……它們都浸潤在希臘人的血液中，是獨屬於希臘的文化財富。受其影響，古希臘悲劇產生並盛行起來，埃斯庫羅斯的《被縛的普羅米修斯》，索福克勒斯的《俄狄浦斯王》《厄勒克特拉》，歐里庇得斯的《巴克斯的信女》《美狄亞》等名劇流傳至今。蘇格拉底、柏拉圖、亞里士多德等人也深受希臘神話的影響。希臘神話也影響了歐洲的文明，但丁、歌德、莎士比亞、達·芬奇、拉斐爾、米開朗基羅等人受其薰陶，將歐洲文化推向輝煌。

這平靜碧藍的海呀，怎麼變得混沌咆哮起來？

我想起了黃河。

那年，我漫步在鄭州的黃河之濱，看見一尊由褐色花崗巖

石雕琢而成的黃河母親的塑像，那是一個溫柔而豐腴的母親，她仰臥着，腹部上趴着一個壯實的男孩，意指黃河是中華兒女的母親河。而黃河文化的始祖——炎黃二帝的巨石半身雕像就在高聳的向陽山上。一側的駱駝嶺主峰上站立着大禹的粗麻石塑像，大禹頭戴斗笠，身穿粗布衣，右手持耒，左臂揮揚，智目慧相。基座上嵌碑刻題八字：「美哉禹功，明德遠矣。」

炎黃二帝、大禹都是《山海經》中的人物。《山海經》記述了炎黃二帝始創中華，大禹治理黃河定九州的故事。

這時，在我的眼前，黃河的驚天巨浪翻湧而起，一部大書被托舉在高高的濤峰上。

這就是《山海經》。

這部成書於先秦時期的《山海經》，分《山經》《海經》兩部。《山經》又分《南山經》《西山經》《北山經》《東山經》《中山經》；《海經》又分《海外南經》《海外西經》《海外北經》《海外東經》《海內南經》《海內西經》《海內北經》《海內東經》《大荒東經》《大荒南經》《大荒西經》《大荒北經》《海內經》。全書三萬一千餘字。這是一部記載中國遠古時代山川河嶽的地理書；這是一部講述中國遠古部落戰爭的歷史書；這是一部關於中國遠古英雄的傳奇書；這是一部關於中國遠古列國的民俗書；這是一部關於中國遠古巫術的玄幻書；這是一部關於中國遠古神怪的百科書；這是一部關於中國遠古草木的參考書。

　　這部極具挑戰性的古書、奇書、怪書，吸引了中國歷代無數的聖者、智者。太史公司馬遷曾在《史記・大宛列傳》中寫道：「至《禹本紀》《山海經》所有怪物，余不敢言之也。」他對《山海經》的怪物不敢說，可見太史公的疑慮。東漢班固在編撰《漢書・藝文志》時，將《山海經》列為「數術略」中「形法類」之首，認為這書是用來占卜凶吉的，與巫有關。晉代郭璞嗜陰陽卜筮之術，神馳《山海經》並為其作註，成史上註釋《山海經》第一人。田園詩人陶淵明熟讀《山海經》，寫下十三首《讀〈山海經〉》詩。北魏地理學家酈道元在其著作《水經注》中引《山海經》百餘條。隋代訓釋《楚辭》的名家釋智騫也頗得益於《山海經》。「唐宋八大家」之一的柳宗元在《行路難》中引用了夸父追日的傳說，而歐陽修則寫有《讀山海經圖》一詩。

　　《山海經》也為中國志怪小說、神話小說提供了素材，《西遊記》《封神榜》《神異經》《搜神記》等小說都受到了它的影響。現代文學家魯迅、茅盾、聞一多等人也很關注這部古怪的大書。魯迅在《中國小說史略》第二篇「神話與傳說」中指出，小說的淵源是神話，並首推《山海經》為其源頭。又稱：「中國之神話與傳說，今尚無集錄為專書者，僅散見於古籍，而《山海經》中特多。《山海經》今所傳本十八卷，記海內外山川神祇異物及祭祀所宜……與巫術合，蓋古之巫書也……」魯迅的說法與班固對《山海經》的看法幾乎是一致

的。魯迅對《山海經》情有獨鍾,不僅肯定了《山海經》是中國文化之源、中國小說之淵,而且寫下了由《山海經》中的素材引發創作想像的三篇小說,即《故事新編》中的《補天》《奔月》《理水》。茅盾從研究希臘神話延伸到研究中國神話,寫下了《中國神話研究 ABC》。這是希臘神話與中國神話的第一次神靈交匯,書中第七章專門寫了《山海經》中的「帝俊與羿、禹」。茅盾寫道:「宙斯是希臘的主神,因而我們也可以想像那既為日月之父的帝俊,大概也是中國神話的『主神』。」又寫道:「神性的羿實是希臘神話中建立十二大功的赫拉克勒斯那樣的半神的英雄。」

混沌深沉的黃河呀,是中國神話原始大書《山海經》之母,也是中國文化的源頭。它與蔚藍的愛琴海相映成輝。我在愛琴海上想着黃河的千古絕唱,因此有了編創《新說山海經》的念想。

是為序。

張錦江

2016 年 4 月 22 日下午草於坤陽墨海居

# 新說山海經·趣禽卷

這是《新說山海經》的第三卷。

《山海經》中的飛禽千奇百怪，這些飛禽，似禽非禽，似怪非怪，似神非神，均屬神界之物。牠們中有的有神性，諸如獨腳鳥、鸞鳥、鳳皇、五彩鳥、三青鳥等，都是象徵吉祥、幸運的神鳥；有的性情酷惡，諸如吃人的䰠雀、帶有劇毒的鴆鳥、能引燃怪火的白嘴畢方鳥、帶來天下大旱的顒鳥等；有的具有特異功能，諸如辟火鳥、辟妖鳥、恐怖鳥、辟瘟鳥等；有的形象怪異，諸如三頭六眼鳥、人腳鳥、六爪鳥、三目鳥、二身鳥、人面鴞等；有的行為奇特，諸如自戀鳥、學舌鳥、好鬥鳥、鳥鼠同穴等。

《新說山海經（趣禽卷）》共有十篇，精選了《山海經》中別有異趣的十種奇鳥：獨腳鳥、蜂鳥、鴆鳥、鴒鸚、人面鴞、紅嘴鳥、赤鷩、鳳皇、黃鳥與鳥鼠同穴。

這裏每篇演繹的奇妙的趣禽故事，不僅是想像世界的神話傳說，而且給現實生活帶來有益的人生

啟迪。我們可以讀到大義捨生（《獨腳鳥》）、探險求真（《黑森林》）、無私大愛（《蜂兒》）、浩然正氣（《鴆哥》）、患難情深（《人面鴞》）、鄰里互助（《紅嘴鳥》）、母女同心（《幺幺和九姑》）、積德仁慈（《太平鳥鳳皇》）、棄邪從善（《黃鳥》）、生死相依（《鳥鼠同穴》）。

註：本書中涉及的《山海經》原文參考上海古籍出版社 2015 年版的《山海經》。

# 目錄

# 獨腳鳥

張錦江 文

開明東有巫彭、

巫抵、巫陽、巫履、

巫凡、巫相，夾窫窳之屍，

皆操不死之藥以距之。

窫窳者，蛇身人面，

貳負臣所殺也。

【海內西經】

　　這鳥的危險就在眼前。

　　準確地說，這是六隻鳥，一隻大鳥與五隻小鳥。牠們棲息在一株蒼老的楓樹上。老樹的主幹粗壯，外表的樹皮已經剝落，裸露着一些凹凸不平的節疤。蒼老的樹幹依然筆直地生長着，樹頂上枝繁葉茂，葉片泛着亮光。在濃密的枝杈中有一個鳥窩。鳥的精心與縝密，盡體現在用一根一根細細的枯枝條搭建鳥巢的功夫上。這是一個完美的巢，像一隻精巧的碗懸掛在半空中。

　　危險來自於一股寒涼陰森的腥氣，這不祥的寒氣逼近鳥窩。鳥窩顫動了一下，有了動靜。

　　伴隨着腥氣越來越濃，鳥聽到了嘶嘶的響聲，這是特殊的口腔噴出的輕微難辨的威脅信號。

　　鳥飛了起來。從巢裏先是飛出一隻大鳥，然後撲騰出五隻小鳥。

　　裸露的樹幹上盤伏着一條蛇。這是一條紅色的蛇，鱗片是半透明的，蛇身像一條粗長的瑪瑙項鍊。牠的頭光亮而溜圓，看起來十分可愛，但牠尖利無比的長鋸齒牙，還有伸得長長的分叉的鮮紅舌信子，無不顯出恐怖。

這是一條叫作育蛇<sup>①</sup>的長蟲，有一丈多長。

育蛇怒張着恐怖的大嘴，攻擊這窩鳥，毫無疑義是要吃了牠們。

反擊是由大鳥發起的。大鳥騰空而起撲向育蛇，牠一點也不懼怕突然出現的兇手，育蛇高昂着光亮的頭顱，大鳥反覆俯衝而下，用嘴啄咬阻止育蛇前遊，保護小鳥，小鳥落在窩邊上驚恐地叫着。育蛇停止了前進，蛇頭依舊不屈地高昂着，嘶嘶地響個不停，張嘴吐舌。鳥與蛇僵持不下。

這時，有三個人關注着鳥與蛇的纏鬥。

這三個人不是別人，正是宋山王與他的女兒蛾蛾以及山寨祭司巫姑。

宋山王是宋山山寨的大王。他年紀四十開外，身形偉岸，長着濃黑的粗眉，目光炯炯有神，長髮束在腦後，站立時像塊豎着的巖石。他身背一彎硬弓與箭囊，上披豹皮緊身衣，下穿虎皮圍裙，腰間插一柄青銅彎刀。他的妻子在十三年前難產而逝，生下一女，因生養時見一飛蛾，宋山王以為此蛾是妻子靈魂所化，便為女兒取名蛾蛾。蛾蛾長得秀美，身披鮮花長裙，全身都飄着花香，宋山王視女兒為掌上明珠，極其珍愛。

那巫姑也非尋常之輩，此人乃是聞名世間的靈山十巫<sup>②</sup>之一。十巫終日在靈山採藥，並由靈山之頂出入天上地下，

---

① 育蛇：傳說中一種赤紅的蛇。
② 靈山十巫：生活在靈山的十位神巫，他們是天帝的使者和巫醫。

占卜算卦，祭祀天神，歌舞人間，為世人消瘴滅災，傳遞神諭，預測未來。宋山王邀巫姑為山寨祭司。巫姑長得眉清目秀，頭戴一頂鵝黃道冠，身披一件青色道袍，柔弱的雙肩下垂，纖細的腰肢都被道袍罩着，道袍顯得寬大而飄逸。

這日，晌午時分，蛾蛾與巫姑隨宋山王狩獵而歸，巫姑正與宋山王邊走邊談，論解「王」字。巫姑說話輕聲細語，如柔風拂面，她說到易卦中的「王」字：「『王』字的最上面是一橫，代表天；最下面是一橫，代表地；中間是一橫，代表人；最後正中一豎，上接天，下接地，中間是人，把天地人連在一起了。可見王者是天地人的主宰呀！」宋山王點頭讚許道：「巫姑此言極是，為王者必要胸懷天地，才能有所作為。」巫姑還想與宋山王討論王道，這時，三人卻見到了古楓樹上鳥與蛇相鬥的一幕。

蛾蛾尖叫道：「父王，看那鳥，長着人的臉，只有一隻腳，好奇怪呀！」

巫姑在一旁道：「這鳥是獨腳鳥，牠有個名字叫橐𩿧[3]。這種鳥勇猛異常，習性也很奇特，一般的動物會冬眠，而此鳥卻夏伏冬出，眼前正是初冬，牠就出現了。牠的羽毛還能避雷，人身上攜帶一根牠的羽毛，就不會懼怕任何雷電。別看這鳥長相怪異，牠可是祥瑞神鳥。」

宋山王與蛾蛾聽巫姑所言，再看此鳥，只見鳥的外形如

---

[3]橐𩿧（普：tuó féi｜粵：托肥）：傳說中一種神奇的獨腳鳥。

貓頭鷹一般，有一張人臉，眼、眉、鼻、口都如人一般，沒有鳥喙，面如娃娃，頭頂的細髮一根根豎起，頸上長着一圈密密的金色羽毛，像戴着漂亮的圍脖。這鳥金翅、金尾，連背、腹的羽毛也是金黃的，卻只有一條腿爪。

宋山王連聲說：「好，好，金色神鳥！」

蛾蛾接着說：「這麼好看的鳥，父王快快救牠！」

巫姑又說：「看清楚這蛇啦？據我所知，蛇中有灰蛇、黑蛇、褐蛇、黃蛇、白蛇，紅蛇是罕見的，牠一定有不尋常的來歷！我們再看看。」

巫姑抬手向那棵老楓樹一指，繼續說：「這楓樹也有來歷──當年，黃帝與炎帝爭位，黃帝捉了炎帝手下大將蚩尤，給蚩尤的手腳戴上枷鎖鐐銬。之後，黃帝在黎山將蚩尤處死，把他身上的手銬腳鐐丟棄在此，後來枷鎖鐐銬就變成了這株楓木。算算也有三百年了。至於這蛇是否是蚩尤精魂所化，可就難說了。」

宋山王驚異不已，說道：「道姑見識廣博，本王甚是歎服！」

蛾蛾又催喊起來：「父王，快救救鳥吧！再不救小鳥，牠們就要被蛇吃了！」

只見大鳥已敵不過紅蛇，紅蛇漸漸逼近鳥窩。

宋山王不再遲疑，取下挎着的長弓，從箭囊中抽出一支箭，只聽「嗖」的一聲，箭飛了出去。這箭並未射中蛇，只是射在蛇頭附近的樹幹上。蛇頭稍稍停了一下，又繼續攻擊

起來。

蛾蛾着急說：「父王，為何不射死蛇？」

宋山王說：「我原想趕牠走，不想傷害牠。現在看來，這蛇是個貪婪的東西！怪不得本王了！」說着又拉開弓，一箭射了出去，這箭不偏不倚正中蛇頭七寸之處。蛇頭被釘在樹幹的節疤上。三人都以為蛇死了。不料，隨着「嘭」的一聲，那支箭彈了出來，蛇頭又高高地昂起。宋山王大吼一聲：「這惡蟲必要誅殺！」說着便縱身跳到樹前，抽出青銅彎刀，一刀下去，蛇被砍成兩截。意想不到的是，砍斷的蛇身扭曲了一下，轉眼之間又完整無缺地連接了起來。這使宋山王不禁起了興致，又是一刀下去，蛇又被砍成兩截。說時遲，那時快，還未等斷蛇癒合，那大鳥閃電一般銜着斷了的蛇頭飛走了，將蛇頭丟棄於山谷之中，剩下的蛇身彎扭了幾下，就僵直地從樹幹落到一塊山石上。大鳥又飛了回來。宋山王哈哈大笑，道：「此鳥通神，竟助本王一臂之力！」

又一件奇異的事發生了。紅蛇被砍斷的蛇身蠕動着排出蛇卵來，蛇卵中又孵化出一條又一條紅蚯蚓似的小蛇。偏偏這群小蛇引來了一隻黑鷹，黑鷹自然是不會放過這種美味佳餚的。就在黑鷹伸着長長的翅膀下降捕食時，大鳥迎了上去，沒幾個回合就把黑鷹趕走了。然後，大鳥又撲騰着翅膀逐一銜起小蛇，將牠們送到隱蔽的濃密草叢中去了。

此刻，巫姑與蛾蛾已走到宋山王近前。宋山王興奮地說：「這鳥竟如此憎惡講義，真的不可思議呀！」巫姑說：

「母鳥護小鳥是出於本能，而母鳥護佑差點慘遭荼毒的幼蛇，正是大王所言的義舉了。為仇敵保護幼子，實在是世間尋常生靈難以做到的。」蛾蛾說：「幸好父王救了這窩鳥，倘若被蛇吃了，豈不可惜。」

三人正說着。樹頂鳥窩傳出一陣響動，只見大鳥帶着五隻小鳥離巢飛騰了起來。大鳥在最高處盤旋着，一隻隻小鳥依次像疊羅漢一般，也與大鳥一樣盤旋飛動，六隻鳥在空中盤旋成了柱狀的形態，飛旋了好一陣，才又停棲在樹枝上。

宋山王問巫姑：「這鳥在做什麼？」

巫姑臉色突然陰沉下來，緩慢地答道：「大王，我看清了，這是三隻雌鳥與三隻雄鳥，大鳥是雌鳥，另外五隻小鳥是兩雌三雄。牠們飛旋成一根柱狀，從柱頂往下依次是一雌一雄相間排列，這是一幅卦象圖，也是一道隱藏的預言。」

宋山王忙問：「是凶是吉？」

巫姑沉吟片刻答道：「這是不祥之兆呀，幾日之內必有凶災！」

宋山王大驚。

蛾蛾也喊了一聲：「好嚇人呀！」

巫姑沉穩地說：「大王吉人天相，定能逢凶化吉，不妨先靜觀其變。」

巫姑的預言令宋山王好幾日都愁眉不展。這天夜裏，他在山寨的樹宮內踱來踱去。這座樹宮很大，四周各有五十棵水杉木作宮牆，還有二十棵同樣的樹作宮柱。這些水杉都是

百年古木，高達百丈，筆直衝天長着，在二十丈處用百根圓木搭成宮頂，宮頂上用彩色石片砌成屋脊，地下鋪墊木板，並覆蓋着一張張虎、豹、熊的毛皮。樹杈上點着一盞盞松子油燈。兩扇檀木宮門，堅實而厚重。

夜深人靜，宋山王卻在因凶兆而擔憂，儘管巫姑百般安慰他，他仍懸着心。宋山王也是人中豪傑，並不懼豺狼虎豹蛇熊惡獸，只是這凶兆無法預料——災有多大？是否殃及山民？他思來想去放心不下。樹宮裏有間兩木屋，一間是宋山王下榻處，另一間是蛾蛾睡覺的地方。每晚夜深他都會去查看蛾蛾睡得怎樣，此時，他看女兒睡得正香，便為她蓋好豹皮褥被，自己也去睡了。

宋山王一躺下就呼呼大睡。不久，有一人影由遠而近蹦跳而來，宋山王猛然睜開眼睛，一躍而起，一手提起青銅彎刀，喝道：「你是誰？是人是鬼？」那人蹦蹦跳跳來到了宋山王眼前說道：「大王，驚擾到您了。我是被您搭救的獨腳鳥鳥王，您救了我與我的五個孩子，我特地來拜謝大王的救命之恩。」宋山王這才鬆下繃緊的神經，定睛一看，只見鳥王是一窈窕美女，身着金胄甲，頭戴金冠，長髮飄飄。唯一與常人不同的是，鳥王只有一條腿腳。宋山王看清鳥王的面容，驚訝地說：「您的長相與我的蛾蛾真是相像呢！」鳥王笑道：「大王抬舉了，今天我送大王我身上的一根羽毛，今後大王如有為難之處，就把羽毛合在手掌心，輕輕喚我，我就會出現。」說完便隨着一道金光消失了。

　　宋山王這時醒了，原來是一夢。但他手掌心卻握有一根金色鳥羽，這是真實存在的，也就是說，剛才並非是夢了。

　　第二天，宋山王把鳥王託夢的事告訴了巫姑，讓巫姑解夢。巫姑一掃前幾天的陰霾之色，面露喜色地說：「這是鳥王受大王的德行感召。恭喜大王，我們有救了，鳥王會兌現承諾為大王排解危難的。」

　　禍事終究還是降臨了。

　　這是宋山王砍死蛇的第六天。宋山王與巫姑、蛾蛾都在樹宮，這天本是大白天，突然天色漆黑，隨即狂風大作，暴雨如注，電閃雷鳴，樹宮頂上傳來的聲音彷彿山巖滾落一般。巫姑預感情況不妙，就對宋山王說：「大王，不好，趕緊拿出金羽毛來召喚鳥王。」宋山王立即取出金羽，合在掌心唸喚鳥王。俄頃，鳥王閃着金光出現了。宋山王見鳥王便說：「鳥王，樹宮被雷電所擊，危在旦夕，可有抵禦的辦法？」鳥王言道：「恩公別急，小王這就去照辦。」一道金光走了。這時，樹宮頂依舊雷聲轟鳴，如山崩地裂一般，嚇得蛾蛾抱着頭喊：「媽呀，天塌下來了！」過了一會兒，雷聲陡然小了，風停雨息，太陽也出來了。

　　宋山王等三人走出樹宮，只見樹宮四周的樹木都燒成灰燼，巖石也燒成了黑粉末，焦黑一大片，而樹宮卻完好無缺，百丈巨樹枝頭依然鬱鬱葱葱。再一看，樹宮屋脊上聚集着成千上萬隻獨腳鳥。不用問，一定是鳥王所為，召集獨腳鳥群守護着樹宮。巫姑說：「大王，可以斷定，這是蛇精的

報復。這蛇精能請動風雨雷電之神，可見不是等閒之輩，幸好獨腳鳥的羽翼可避雷擊，否則樹宮與我們都會毀於一旦了。」三人驚歎不已。巫姑又說：「那六隻鳥的預言，現在我明白了。一隻鳥代表一天，六隻鳥是六天，預示着凶災將從大王砍死蛇的第六天開始。這只是一個警示，蛇精不會就此甘休。」宋山王說：「我們得時刻提防着。」又吩咐蛾蛾從現在起不得離開樹宮半步，以防遭蛇精暗算。

　　隔天，山寨裏傳出一個可怕的消息。山民們早起推開石屋、茅棚、樹窩、竹舍的門，發現門前宅後都是蠕動的小紅蛇，嚇得山民們慌忙關門閉戶。可這些簡陋的舍門哪能擋得住無孔不入的小紅蛇？群蛇鑽進鑽出，在炕上、灶具上、室內各角落爬着、蜷曲着，嚇得大人小孩哭爹喊娘。膽大的村民用竹籤、樹枝把蛇挑甩出門去，或用石刀、石斧、石塊、木棍把蛇砍死、敲死、砸死。小紅蛇雖小，人若被牠咬一口，七步即會喪命，山民中被蛇咬死的不在少數。唯有樹宮內外不見蛇的蹤影，原來是有一群群獨腳鳥在樹宮上空盤旋着。小紅蛇還沒來得及靠近樹宮，就被獨腳鳥銜走，扔到深山谷去了。趕來樹宮報告蛇災的山民接連不斷。

　　宋山王與巫姑商議，正想拿出金羽毛求援，只聽得空中呼呼作響，成千上萬隻獨腳鳥遮天蔽日，如滾動的雲團轟隆而來。隨即，漫山遍野的獨腳鳥抓起小紅蛇往深山谷中扔去，山民們見鳥來抓小紅蛇，也都拿起木棒、石刀、石斧、竹竿等傢伙趕蛇、殺蛇。一時間山民呼喊聲此起彼伏，地動

山搖，不消片刻，蛇不是死，就是被扔下了山谷。山民們又把死蛇堆在枯樹堆上，放火燒了。鳥群這才散去。宋山王立即率全寨山民，在巫姑主持下，點起火把，獻上豬、牛、羊三牲祭祀獨腳鳥神。

又過一日，山寨裏又出了怪事。凡喝過山上溪水、泉水的山民，無論男女老幼都患了一種怪病：先是腹瀉不止，然後瀉停了，肚子卻越脹越大，脹到最後連路也走不了，只能躺在牀上。宋山王讓巫姑設法驅瘴去邪，祭拜山神。巫姑連續作法三天並不見效，而且患病的人越來越多，更嚇人的是有個山婦從腹中產下一條小紅蛇。巫姑對宋山王說：「紅蛇游過的溪水、泉水都有毒，這是山民患病的根源。大王可率人先在山上找些草藥燒成湯汁，讓患者服用，如不能治癒，我還得去靈山採藥。」結果不幸被巫姑言中，宋山上採來的草藥熬湯喝了並不見效。巫姑不得已去了靈山。巫姑自有道術，盤腿打坐，口唸咒語，她的真身就飄然而去，不消半日，已取草藥而歸。宋山王趕緊熬湯煎藥，讓患者喝了，卻還是不見效，仍有患者不時死去。

宋山王有點着急了，問巫姑：「巫姑呀，如何是好？」巫姑說：「要不，把金羽毛拿出來試試。」宋山王拿出金羽毛，又像從前一般地召喚鳥王。鳥王沒有出現，只聽樹宮外的衞士奔進來，喊道：「大王，外面來了一群鳥！」宋山王與巫姑忙快步走出樹宮，定睛一看，那片燒黑的巖地上，一群獨腳鳥組成了一個圖像。宋山王不解其意，看向巫姑問

道：「巫姑，這圖像有何玄機？」巫姑鳳眼一瞵，不動聲色地說道：「大王，這是鳥圖，鳥組成的圖像代表『惑』，『惑』字是『或』字下面一個『心』字，這個惑就是心魔，這心魔就是蛇精。大王，請看鳥圖，圖上一共有六條橫線，頂上兩條線從中間斷開，是陰線，第三條線是完整一條，是陽線，第四條又是斷開的陰線，第五、六條也是完整的陽線。這些橫線必須陰陽相合才是吉卦，可眼下看到的鳥圖中，第一條與第四條對合都是陰線，第三條與第六條對合都是陽線，只有第二條與第五條對合才是陰陽交合。這個卦象圖的隱喻是說只有一條出路能解決眼下的困境。」宋山王急切地問：「這條出路是什麼呢？」巫姑說：「現在我還未想明白，鳥王不明說，只給一個隱晦警示，說明她一定有難言之隱。我打算先去靈山打聽一下這蛇精的來歷，然後面見蛇精。」巫姑停了停，又說：「大王，這幾日未見到蛾蛾，她在做什麼？」宋山王說：「我讓她待在房內用花草編裙子。」巫姑叮囑道：「大王，千萬別讓蛾蛾離開樹宮，防着點。」宋山王說：「巫姑說得是。」

其實，巫姑沒有完全說出隱喻的實情，鳥圖所示的一條出路是指一位少女，這少女是誰呢？巫姑馬上想到宋山王的女兒蛾蛾，也就是說蛾蛾危在旦夕，可巫姑不敢明說，生怕宋山王擔憂。

巫姑離開宋山王後，在自己的居處打坐入定，真身去了靈山，那裏會齊了巫山十巫的另外九位，他們是巫咸、巫

即、巫盼、巫彭、巫真、巫禮、巫抵、巫謝、巫羅。巫姑向他們一打聽，才知這蛇精是窫窳[④]，原先是人面蛇身神，後被同是人面蛇身神的貳負與他的臣子危合謀所殺，黃帝念窫窳不該死，把貳負和危拘禁在疏屬山，又命靈山十巫用不死藥救活了他。復活後的窫窳去了西海一座孤島，佔島為王，將那裏變成了蛇島。巫姑確認了蛇精的身份，而靈山十巫曾是窫窳的救命恩人，這讓巫姑有了化解眼下劫難的底氣。她隨即從靈山返回向宋山王覆命，把蛇精的來歷一五一十稟告了。宋山王向巫姑謝恩，賜玉石若干，巫姑不受，又告別大王去蛇島會見蛇精了。

　　巫姑飄然來到西海蛇島，只覺寒氣逼人。蛇島上怪石嶙峋，草木茂盛，倘若撥開草叢，走進林間，就會見到數不清的大大小小的紅蛇在蠕動。紅蛇爬繞在樹枝上，讓人毛骨悚然，不寒而慄。巫姑使了隱身法術，變出一團霧氣裹着身體，行至蛇宮。蛇宮其實是一個很大的天然石洞，洞口爬滿了蛇。巫姑入內，眼前敞亮：洞頂吊着夜明珠，熒光閃亮，只見一高台上盤蹲着一龍頭野貓身怪獸。巫姑詫異：蛇神怎麼變成這副模樣？巫姑身上霧氣退了，現出真身。巫姑行禮道：「窫窳天神久違了，冒昧前來打擾。」怪獸一驚，立即認出是靈山十巫之一的巫姑，龍頭大嘴一張，「哈呼」一聲說：「這不是靈山的恩人嗎？巫姑，有何貴幹？」巫姑說：

---

④ 窫窳（普：yà yǔ｜粵：扎羽）：古代傳說中吃人的怪獸。

「我特來為宋山王說情，請天神不要為難宋山王，解山寨民疾吧！」怪獸又「哈呼」一聲說：「不行呀，恩人，宋山王殺了我女兒，我豈能放過他？」巫姑說：「窸窣天神，宋山王並不知曉這宋山的育蛇是你天神之女。不過，宋山王本無殺意，只想趕她走，是天神之女執意傷害獨腳鳥母子，宋山王才不得不動了殺念。」怪獸連聲「哈呼」了一陣說：「休怪窸窣無理了，我要他用自己的女兒來獻祭，讓我吃了。恩人，你看看我受了多少冤屈，天帝讓十巫救了我的性命，結果我卻變成這副古怪醜陋的模樣，我必須在十年內每年吃一個少女才能變回原來的神人之軀，回到天上。現在已九年了，正巧，宋山王殺了我女兒，也是活該他倒楣，一命償一命。我不想多害無辜生命，恩人，去對宋山王說，只要獻出他女兒，我窸窣立即解救山民，絕不反悔！其餘的話不用多說了！」怪獸「哈呼」一聲就消失了。

巫姑見怪獸不再理睬她，也只能回宋山了。巫姑見到宋山王，把所見所聞以及蛇精的態度都說了，只是隱瞞了一個重要情節：蛇精要宋山王把自己的女兒獻祭給牠吃，巫姑卻只說是山寨的少女。宋山王自然不允把山寨少女送給蛇精，他也是血性的漢子，對巫姑說：「我寧可與蛇精決一死戰，也不會這樣做！」巫姑對王說：「大王呀，你是凡人，鬥不過蛇精的，如果硬拼的話，無異於以卵擊石呀！」宋山王說：「照巫姑這麼說，只能就這麼從了？」巫姑說：「天無絕人之路，再想想辦法。」

　　誰知這事讓蛾蛾知道了，蛾蛾挺身而出，說：「父王，不要讓山民之女去送死了，讓我去吧！死就死，我不怕！」宋山王忙阻止她說下去，喝道：「退下，不許胡說八道！」蛾蛾哭着回了房間。

　　這時，宋山王左右為難，自感已到絕境，現在無路可走，只有獻上山民之女或者自己的女兒才是唯一出路。他拿出金羽毛對巫姑說：「只能試試，問問鳥王有何救急的法子了。」巫姑說：「也只能這樣了。」也怪，這次靈了，鳥王金光一閃現身了。

　　宋山王說了蛇精要山寨少女獻祭的事，鳥王說：「恩公，不必驚慌，我自有辦法。請巫姑與小王一起去蛇島，小王面見蛇精與他說理。」說完就與巫姑一同飄走了。

　　鳥王與巫姑都會隱身之術。在蛇宮現出真身時，巫姑發現身旁端正地跪着一個少女，不是鳥王，而是楚楚動人的宋山王之女蛾蛾，穿着一條鮮花裙，豔麗無比。蛾蛾開口說：「蛇神在上，我是宋山王之女，遠道而來聽候大神處治。」巫姑知道眼前的「蛾蛾」是鳥王所變，也應和道：「窈窕天神，你要的人帶來了，趕緊把除病的解藥給我。」那蛇精倒也爽快，「哈呼」一聲吩咐道：「拿藥上來！」轉眼，從蛇精身後游出一條小紅蛇來，小紅蛇口中銜着一枝藥草，這草巫姑認識，長着鐘狀的花萼，開着淡淡的小黃花兒，正是天

庭的神藥——排毒草黃耆⑤，可以利水退腫，托毒排膿。巫姑從小蛇口中接過這枝藥草。那蛇精迫不及待地從石台上跳下，張開大嘴一口把鳥王變成的蛾蛾吞了。巫姑心疼鳥王的獻身精神，頭也不回地趕緊隱身而去。

巫姑把藥草的花瓣灑在溪流、泉水之中，然後讓全寨上下去喝溪水、泉水，頓時所有患者病症全消失了。巫姑只告訴宋山王，自己與鳥王出面向蛇精求情，最後蛇精應允只要山寨舉行一次盛大的祭蛇神儀式便了結此事，對鳥王替蛾蛾去死的事一字未提。巫姑記得她與鳥王同赴蛇島時，鳥王對她說：「倘若小王死了，千萬別告訴他人。」先前，巫姑覺得鳥王的話不可思議。現在巫姑明白了，鳥王是存心赴死去的。鳥王的話中還有另一層意思：她欠了別人恩情，要傾力報答，但並不希望別人記住自己的任何好處。巫姑遵從了鳥王的心願。於是，鳥王的死成了千古的祕密。

---

⑤ 黃耆（普：qí｜粵：奇）：一種草藥，又作黃芪。

故事取材

## 《西山經・西次一經》

原文：（羭〔普：yú│粵：魚〕次之山）有鳥焉，其狀如梟，人面而一足，曰橐𩿀（普：tuó féi│粵：托肥），冬見夏蟄，服之不畏雷。

譯文：羭次山上有一種鳥，牠的樣子像貓頭鷹，長着人的面孔卻只有一隻腳，牠的名字叫作橐𩿀，牠在冬天出沒，夏天蟄伏，穿上用牠的羽毛製成的衣服可以不怕打雷。

### 橐𩿀（明・胡文煥圖本）

橐𩿀是一種怪鳥，其特徵是人面、獨腳。橐𩿀的樣子像梟。一般鳥獸都是夏天出沒、冬天蟄伏，而橐𩿀恰恰相反，因此牠的羽毛據說可以避雷。

## 《大荒南經》

原文：有宋山者，有赤蛇，名曰育蛇。有木生山上，名曰楓木。楓木，蚩尤所棄其桎梏，是為楓木。

譯文：有座山叫宋山，山中有一種紅色的蛇，名叫育蛇。山上還長着一種樹，名叫楓木。楓木，原本是黃帝禁錮蚩尤的枷鎖鐐銬，黃帝殺死蚩尤後丟棄了枷鎖鐐銬，這些刑具就化為了楓木。

**楓木（清·汪紱圖本）**

傳說蚩尤被殺後，黃帝把他身上的枷鎖鐐銬丟棄了。這枷銬鐐銬頓時化作一株楓木。楓木上鮮紅的楓葉，便是枷鎖鐐銬上蚩尤的血跡。

### 《海內西經》

原文：貳負之臣曰危，危與貳負殺**窫窳**（普：yà yǔ｜粵：扎羽）。

譯文：貳負的臣子名叫危，危和貳負一起殺死了天神窫窳。

原文：開明東有巫彭、巫抵、巫陽、巫履、巫凡、巫相，夾**窫窳**之屍，皆操不死之藥以距之。窫窳者，蛇身人面，貳負臣所殺也。

譯文：在開明神獸的東方有巫彭、巫抵、巫陽、巫履、巫凡、巫相等幾位神醫巫師，他們圍在窫窳的屍體四周，都拿着不死藥抵抗死氣而令窫窳復活。窫窳長着蛇的身子、人的面孔，是被貳負和他的臣子合謀殺死的。

獨腳鳥

### 窫窳（清·汪紱圖本）

窫窳原是一位蛇身人面的天神，被貳負和他的臣子危殺死，黃帝很生氣，命人將危和貳負反綁雙手縛在大樹下，而後又命巫彭等神醫用不死藥將窫窳救活。復活後的窫窳變成了食人怪獸。

## 《大荒西經》

原文：（大荒之中）有靈山，巫咸、巫即、巫肦（普：bān|粵：焚）、巫彭、**巫姑**、巫真、巫禮、巫抵、巫謝、巫羅十巫，從此升降，百藥爰在。

譯文：大荒中有座靈山，巫咸、巫即、巫肦、巫彭、巫姑、巫真、巫禮（又作「巫礼」）、巫抵、巫謝、巫羅十位神巫在這座山上往來採藥，這裏生長着各種各樣的藥草。

### 十巫（清·汪紱圖本）

靈山即巫山，是神話中的天梯，也是群巫上下天界的通道。靈山是仙藥存放之所，群巫在此往來採藥。靈山十巫以巫咸為首，他們是天帝的使者和巫醫。

# 黑森林

張錦江 文

（平逢之山）有神焉，

其狀如人而二首，

名曰驕蟲，是為螫蟲，

實惟蜂、蜜之廬。

其祠之：用一雄雞，

禳而勿殺。

【中山經 · 中次六經】

　　黑野狼是個男孩的名字。山民為孩子取的名字是那麼隨意而富有個性。男孩長得又黑又瘦，手腳靈敏，性情兇暴。男孩曾獨自一人在山野裏用石刀砍死一匹黑野狼，此前這匹黑野狼闖入山寨，吃了兩個小孩，還傷了三個老人。男孩為山寨除了一害，自然成了這個山寨的小英雄。那年，男孩才十歲。山寨的人都姓黃，是個百來戶人家的小寨，人稱黃家寨。男孩當然也姓黃，也有個大名，叫黃黑小，但自從他殺了那匹黑野狼，山民便都叫他「黑野狼」了，並且稱呼前面連「小」字也不加上——若說叫他「小黑野狼」吧，山民嫌小看了這孩子，就毅然摒棄了「小」字。

　　某天，黑野狼突然說，他有個大膽的想法，要去趟黑森林。這話不脛而走，驚動了黃家寨所有的男人與女人，大家都覺得這孩子瘋了。

　　黑森林位於黃家寨五里之外的一個山谷，林中長滿了黑松，因而得名。黃家寨中從沒有人敢去黑森林，寨裏世世代代流傳着一句老話：進得黑森林，出不得黑森林。平常山民能遠遠看見黑森林的上空有時冒着白煙，有時騰起黑煙，白煙與黑煙時而糾纏在一起，還濺出火光與閃電。驚人的傳說

在山民中間流傳着：白煙是仙氣，黑煙是妖氣，這黑森林中有仙也有妖，仙與妖沒完沒了地纏鬥着。但誰也不知道是什麼神仙和妖怪。

黑野狼每天傍晚的時候，都坐在一塊青色的巖石上。他帶着一隻鳥，這鳥就棲息在他裸露着的並不寬壯的肩頭。此時正值八月，天氣很熱，黃家寨的男孩都打着赤膊，大男孩胯下紮一圈草裙，赤足，小男孩乾脆都光着屁股。

男孩無論走到哪裏，都會帶上這隻鳥。

這是一隻美麗而稀有的長尾巴大鳥，叫作鴒鷂[1]。牠的美麗來自於牠的羽毛，從牠後腦一直往頸脖、翅、腹、尾，所有的羽毛不論長短都是鮮豔的紅色，連鳥爪也是紅的，看起來通體赤紅，好似一團丹火，唯獨鳥喙是青色的。男孩遇見這隻鳥也純屬偶然，還是和那匹被他砍死的黑野狼有關。那天，他見到狼時，狼正在追逐一個五六歲的童子，童子很可愛，光圓的頭頂有一束桃形的髮髻，肉嘟嘟的身上只繫着一件紅肚兜，光着粉嫩的小腳。面對野狼，童子並不驚慌，而是一蹦一跳地嬉戲逗弄着狼：「來呀，臭狼！我是嫩肉球，快來吃呀！」狼一副兇相，撲上去就咬，撲來撲去卻撲個空，狼嚎叫着，齜牙咧嘴，童子像舞蹈一樣跳來蹦去，歡快地叫着。男孩覺得奇怪，又怕狼傷了這童子，二話不說就用石刀亂砍，沒幾下狼就被男孩砍死了，再看那童子卻不見

---

[1] 鴒鷂（普：líng yāo｜粵：玲焦）：一種奇鳥，樣子像山雞，通體赤紅。

了。男孩更是詫異，正在東張西望時，忽然看見天上飛來一隻長尾巴的大紅鳥，這鳥在男孩的頭頂盤旋了五六圈，最後停棲在男孩的肩頭，自此，男孩有了這隻鳥。男孩也並不知道這鳥叫鴿鶒，只看鳥周身火羽紅毛，就叫牠「紅鳥」。

男孩待紅鳥不薄，每日捉青蟲、摘嫩菜來給鳥餵食，每隔三日還為鳥洗一次澡。男孩每天清晨、午後都帶着鳥一起四處漫步，日久天長，鳥漸漸能領會男孩的手勢與口哨聲。有一日鳥叫得很響，男孩一聽，居然是在喊自己的諢號——黑野狼。這讓男孩開心得在地上打滾。男孩拍一下手，紅鳥就明白他的意思是「我們走」，拍兩下，說明有情況，拍三下的話，就是警告了，意思是「有危險」。男孩的口哨吹得很好，能吹出鳥叫聲來，男孩與紅鳥常常用鳥語交談，聽起來就像兩隻鳥叫來叫去在說話。一早男孩與紅鳥會互道早上好，晚上睡覺前還會道晚安。就這樣，男孩與紅鳥成了無話不談、形影不離的朋友。

在交談中，男孩向紅鳥講了黑森林的恐怖故事，還傾訴了自己想去黑森林探險的渴望。

男孩用鳥語對紅鳥說：「紅鳥，為什麼黑森林的故事那樣讓人感到揪心和恐怖，反而強烈地吸引着我？」

紅鳥回答說：「男孩看到自己月光下的影子，也會想出恐怖的故事。」

「我是那麼喜歡恐怖，但恐怖的東西有時讓我整夜做噩夢。」

「恐怖是對勇氣的一種誘惑。」

「越是害怕，我越是想接近恐怖。」

「這會使噩夢做個不停。」

「我總覺得每個噩夢都沒有結果。」

「人人都會做噩夢，一醒都會忘了結果。」

「這回我倒想知道黑森林的恐怖結果。」

「那樣，也就醒不來了。」

「我寧願醒不來。」

「你不後悔？」

「不。」

男孩乾脆地拍了一下手掌。就這樣，男孩帶着紅鳥進了黑森林。

男孩帶了一隻裝滿水的葫蘆，還帶了一捲麥子薄餅，餓了就撕下一塊充飢。男孩父母早逝，和叔父叔母住在一起，葫蘆和餅都是叔父叔母為他準備的。他手裏拿了一把石砍刀，除此之外沒有再帶其他東西，就這樣出發了。

黑森林裏沒有路，黑松都很高很大，仰起頭看，樹尖都戳到天空的肚皮裏去了。樹冠如蓋，密密匝匝不透風，擋住了太陽，也擋住了光。黑森林哪怕在盛夏的白天也是陰森森的，散發出潮濕的寒氣與腥氣。男孩不停地用石刀砍着那些長得亂糟糟的低矮灌木，他要開闢出一條路來。森林裏本來靜寂無聲，男孩弄出了動靜，很響，也傳得很遠。男孩與紅鳥是天矇矇亮時上路的，到了晌午的時候，男孩也砍得累

了，坐在一棵樹下休息，喝點水、吃了幾口餅，然後餵鳥喝水、吃餅。紅鳥一直尾隨而飛，這時停棲在樹枝上。

男孩與紅鳥一路走來，並未碰到什麼特別的事情，只不過見到一隻松鼠、一隻野兔而已。男孩似乎有點失望與落寞，他吹起了口哨，對鳥說：「紅鳥呀，這黑森林一點也不恐怖呀。」紅鳥叫了幾聲，說：「不要這麼早下結論，說不定馬上就會有麻煩事了。走着瞧吧！」男孩說：「最好麻煩事早點來。」說話間，突然傳來一陣沙沙沙的響聲，紅鳥驚飛起來，男孩原先坐在樹腳下，也警覺地站了起來。

森林裏四周的空氣好像凝固了，那聲音越來越逼近，空氣中有了臭味。男孩覺得有點不對勁，這臭味像臭雞蛋的味道，很難聞，他頓時感到胸悶、噁心，男孩拍了兩下手，向紅鳥發出了「有情況」的信號，隨即用手捂住鼻子。但是，男孩覺得自己快支撐不住了，又趕緊拍了三下手，這是警報了。男孩倒了下來，紅鳥「呀」地叫了一聲，像箭一樣飛撲到男孩的臉上，用鳥喙啄下頸脖上的一根羽毛，銜送進男孩的口中。紅鳥叫着，是在對男孩說：「咬住！」男孩咬着那根羽毛，頓時覺得胸悶、噁心消失，渾身舒爽了許多，他重新站了起來。

這時，只見一堆被山火燒焦的殘木內爬出一隻灰色的怪物，牠身上罩着一個方形殼，額前豎着兩根黑白相間的長長的鬚，嘴巴裏伸出一支尖銳無比的刺管，兩隻兇狠的眼睛死盯着前方，六條彎曲的腿也是黑白相間的顏色。男孩從來

沒有見過這種怪異的東西，不僅樣子嚇人，而且很大，比黃家寨八個壯漢才能搬得動的石磨還要大。只見怪物低低俯伏着，呼呼作響地爬過來，並舉着刺管，驕橫不可一世，目空一切地爬着。男孩驚異地望着這怪物，黝黑的面容冷峻而堅毅，他緊握着石刀，這正是那把曾砍死過黑野狼的石刀。他對這怪物毫不畏懼，心想：難道牠比黑野狼的頭蓋骨還硬？男孩穩穩地站着，等待出擊的時機，然而，怪物在離他不遠的地方停止了爬行。那裏有一塊山石擋住了怪物的路，豈料，怪物居然緩慢地爬過了那塊山石，依舊繼續爬着。男孩與怪物面對面了，那怪物的刺管突然噴出白亮的液體，男孩躲避不及，液體噴在了男孩的臉上與眼睛裏，男孩捂住臉，丟了石刀，痛苦萬分地在地上滾來滾去。這液體是怪物噴出的毒汁，噴到男孩眼睛裏，男孩覺得刺痛萬分，眼前一片模糊，看不見了。

那紅鳥呼嘯着，在男孩頭頂盤旋，紅鳥大張着鳥喙，從嘴裏噴出一股清泉似的水來。牠喝了男孩水壺裏的水，又把水吐了出來，那水浸濕了男孩的臉龐與眼睛，男孩眼睛馬上重見光明，也不疼了。男孩一躍而起，撿起石刀就往怪物頭上砍去，一刀下去，怪物的刺管就被砍了下來。男孩勇猛無畏地對着怪物的頭部一陣亂砍，怪物方殼的尾部突然「噗噗」地亂響，從那裏捲起濃濃的黑煙，這黑煙臭不可聞，變幻成無數雙黑色的魔爪撲向男孩，無疑這臭氣也是有劇毒的，就是起初聞到的那臭氣。

紅鳥的頸羽起了辟邪毒的作用，男孩並未受到傷害，但黑魔爪不放過男孩，如無數條黑色的惡蛇纏繞住他，男孩舞起石刀，瘋狂地「嘿嘿」叫着、砍着。那些黑魔爪被砍得斷爪亂飛，然而，男孩的努力並沒有成效，黑魔爪砍也砍不光，砍掉了又會長出來。當然男孩並不會停手，也不會退讓，他把砍刀舞得呼呼作響，形成了一團白光。黑煙與白光就這麼纏鬥，不分勝負地相持着，不知打鬥了多少時辰，最終，男孩還是累了，他需要喝水、吃餅，而黑魔爪是不吃不喝的。男孩累得低垂下頭來，石刀也拿不動了。

　　眼看黑魔爪長長的尖指甲摳進了男孩的心臟，紅鳥「呀」地大叫，用尖喙狠狠地啄進妖物的眼睛，一啄一個大洞，又一啄，另一隻眼睛也是大窟窿。妖物的兩隻眼睛瞎了，屁股裏的黑煙也不放了，黑魔爪隨即消失了。男孩一屁股坐在了地上，他覺得好餓，於是他喝了幾口水壺裏的水，吃了一點捲餅。隨後，男孩吹了一聲口哨，紅鳥飛了過去，停在男孩肩頭，他也給鳥餵了水餵了餅。再看那原來大石磨般的妖物，現在變小了，在那裏一動不動地趴着。男孩用一根樹枝壓了一下牠的殼背，噗的一聲放出一個臭臭的屁來，男孩開心地說：「噢，一隻放屁蟲呢。」男孩在附近砍下一根竹子，截了一段做竹管，又削了一個木塞，把放屁蟲丟進竹管裏，塞上木塞，吊在腰間草裙上。

　　男孩拍了一下巴掌，與鳥又繼續上路了。男孩收伏了妖蟲，他興致更高了。

又走了不知多少時候，天色黑了，男孩在樹下點起了篝火。他用兩塊石頭相擊打出火星來點燃枯草，然後揀一些斷樹枝圍成一圈，他就睡在篝火圈裏，四周暖暖的，野獸也不敢近身。紅鳥張開羽翼伏在男孩的肚皮上，時刻護着男孩。

天亮之後，男孩上路了，走着走着總覺得前面有一個人影，這人影一蹦一跳，而且一蹦就很高，幾乎彈到大樹樹尖上，然後會飄落下來。男孩意識到又碰到妖怪了，就拍了兩下手，提醒紅鳥不能大意。男孩尾隨跟蹤，用石刀砍着那些亂糟糟的灌木藤草開路，手與手臂被植物的刺劃了數條紅痕，火辣辣地痛，男孩不以為意，他興奮的目光專注地盯着那會蹦跳的人影。不過，跟着跟着不見了，男孩四下尋找，在一棵老樹的一個節疤上爬着一個人臉蟲身的怪物，牠長着一張娃娃臉，有一頭豎着的黑髮，身子是黑色的細長甲殼，六條節肢腿也黑乎乎的。

男孩對人臉蟲說：「嘿，蟲妖，在這裏幹什麼？」人臉蟲說：「我在等你這長着兩條腿的妖呢！」男孩說：「我是人，不是妖，不像你人不人、蟲不蟲的，那才是妖呢！」人臉蟲說：「我就喜歡人不人、蟲不蟲的樣子，你呢，長着兩條燒火棍似的腿，這麼難看，在我眼裏就是妖！我能飛、能蹦着走，你能嗎？」男孩說：「胡說！」人臉蟲說：「好，好，我胡說。這樣吧，我們打個賭：我與你的眼睛對視着，誰的眼睛先眨一下誰就算輸。如果你輸了，你就從黑森林乖乖地回家去，不要往前走了。如果我輸了，就讓你從我身上

踩過去，你繼續往前走。你願意打這個賭嗎？」

　　男孩對這個遊戲很感興趣，只是怎麼才能使眼睛一眨不眨地總是瞪着呢？他沒有把握了。一言既出，駟馬難追，一旦輸了，他就得遵守諾言乖乖回家去。他猶豫起來，吹着口哨，向紅鳥求援，紅鳥叫道：「吃了我的肉，你就永遠不會眨眼睛了。現在我吐一口口水在一片葉子上，把它吞下去，就如吃我的肉一樣。」紅鳥飛了過來，鳥喙銜着一片帶着牠口水的葉子，男孩接過來就吞了下去。男孩這才對蟲妖說：「我願意！」

　　就這樣，人臉蟲在樹上，男孩在地上，一場比賽開始了。人臉蟲的眼睛果然是一眨不眨，連黑眼珠子也不動一下，男孩不僅不眨眼，連眼睫毛也凝固了，雙方比耐心，比毅力，是一種無聲的較量。黑森林停止了呼吸，每一片樹葉都不動聲色，紅鳥連羽毛都繃得緊緊的。眼睛不能眨一下，哪怕有一點點眨動就算輸了，誰都怕輸呢。時間一點點過去，兩雙眼睛就這麼對着。難道眼睛就不酸，難道眼睛就不癢，難道眼睛就不疼？奇怪呀，兩雙眼睛就是不酸、不癢、不疼。兩雙眼睛像不滅的螢火般亮着，要不是有意外的事情發生，要不是一件偶然得不能再偶然的事情發生，這場眼對眼的角逐就會不分勝負，就會以平局收場，男孩就過不了這一關，蟲妖也不會輕易放他過這一關。

　　意外來自一隻小小的蜘蛛，這隻小小蜘蛛，只有一粒米那麼大，牠從一根細細的枝條上垂吊下來，憑着一根細細的

絲往下落、往下落，偏偏落到了蟲妖的眼睛上，蟲妖努力忍住不眨眼，可小小蜘蛛的細腿插進了牠的眼睛，讓牠痛癢難熬，蟲妖不得不眨了一下眼睛。

蟲妖輸了，儘管這是一個意外，牠還是輸了。不僅輸了，還從樹上跌了下來。原來這是一個魔咒，誰破了魔咒，蟲妖就會顯出原形來。男孩見蟲妖掉在地上，變成了一隻小小的黑色硬殼蟲。他用腳輕輕一踢，那蟲翻了個身，啪的一聲彈得老高。男孩認識這是叩頭蟲，他把叩頭蟲裝進竹管筒內了。

男孩依舊一擊掌，走。男孩與紅鳥向黑森林的深處前進了。如此驚人的蟲妖奇歷怎能使男孩停止自己的腳步呢，哪怕是一刻的停留他也不願意，但是，一道斜坡擋住了他的去路。斜坡兩側都是深澗，唯一的路就是這道斜坡，無法繞着走。然而，斜坡的地上覆了一層晶瑩透明的黏液，男孩用石刀刀尖沾了點黏液，用鼻子聞了聞，並無特別的異味，用手指塗抹了一下，這黏液雖黏黏的，但不至於有什麼危險。他沒有向紅鳥發任何信號，他決定試試，用腳踩了一下。男孩終年赤腳，雙腳黝黑而堅硬，腳底長着厚繭，踩在樹杈上也如履平地。起初的感覺是腳底涼涼的、癢癢的，走了一段也不覺得有什麼嚇人的地方，只是那黏液被踩過之後，黏在腳底，樣子有點噁心。

走到斜坡的頂上，男孩見到了一個驚人的景象，本來他以為是一塊亮晶晶大石頭聳着，走近一看卻是一條巨大的鼻

涕蟲。鼻涕蟲是男孩常見的，渾身都是軟軟的，一到下雨天他家屋前屋後到處都是。過去只要男孩在鼻涕蟲軟軟的身體上灑幾顆鹽粒，鼻涕蟲就變硬了，可現在他身上沒有帶鹽。不過，鼻涕蟲的兩根觸角很好玩，他摸了摸一根觸角，觸角縮了進去，又摸了摸另一根觸角，也縮了進去，不一會兒兩根觸角又伸了出來。觸角軟軟的，很是敏感，男孩就這麼玩了一陣，鼻涕蟲蠕動了幾下，又一動不動了。現在男孩明白了，這個坡上的黏液都是鼻涕蟲在爬過的地方留下的痕跡。黃家寨的人都知道鼻涕蟲的黏液不僅沒有毒，還可以治療燙傷和蟲咬呢。紅鳥始終在男孩的頭頂警覺地盤旋着。

這時，男孩隱約聽到一陣溪水聲，他想去把黏在腳上的黏液洗一洗。他循聲走去，見到一個不大的深潭。深潭的水是從山上流下的溪水。男孩蹲坐在潭邊的一塊石頭上，他把雙腳伸進了潭水中，啪啪地亂踢了一陣。潭水本來平靜如鏡，森林的倒影紋絲不動地映在水中，潭中綠色的浮萍寂寞地漂浮着。男孩踢出的水波使潭中的森林倒影、浮萍都不安地晃動起來。這種不安下隱藏着一個陰謀，男孩卻沒有預料到。男孩索性解下草葉披肩與圍裙，放下石刀，一頭跳進潭水中游起來。

男孩游着游着，突然覺得自己的腿被什麼東西纏住了，有一股力量將他往潭水的深處拉去。男孩的頭被水淹沒了，但男孩畢竟是游水好手，他奮力掙扎着露出了頭，向紅鳥報警，只來得及拍了三下手，又沉了下去。

男孩沉沉浮浮地掙扎着，只見好一隻紅鳥，一頭就扎到水潭深處，鳥的眼睛像魚鷹一般，水下二十米之內的東西看得清清楚楚。牠看見男孩的雙腳被水草纏繞着，有一隻怪物拖拉着水草。這怪物既不像烏龜，也不像甲魚，牠長着六隻鼓起的圓眼睛，額前兩條短鬚，胸下有六條並不粗壯的細節肢腿，後腿很長，長着密密的黑毛，身子扁平，披着光滑的黑褐色的亮甲。牠的上顎尖銳而彎曲，像鈎子般鈎住了水草往下拖着，使男孩不能脫身。顯然這是一隻生活在水裏的大甲蟲。紅鳥沒有一點遲疑，立刻用牠堅硬的鳥喙狠狠地啄住大甲蟲一條長着黑毛的大後腿。大甲蟲猝不及防，把腿一縮，仍舊死死鈎住水草。紅鳥拼命啄住大甲蟲不放，就這樣拽了幾個來回，大甲蟲的一條後腿被拉了下來。大甲蟲沒有絲毫退讓，執着而頑固地鈎着。紅鳥又卸了牠一條大黑毛腿，大甲蟲從胸口吐出了一個又一個大氣泡，牠放手了。

然而大甲蟲的陰謀還是得逞了，誰能料到，大甲蟲尖銳的上顎下有一個管道，牠用尖顎刺破了男孩的腳踝，管道內的毒液滲入了男孩的傷口。在毒性還沒有發作時，男孩雙腳從水草中掙脫了出來。他游出了水面。紅鳥並不放過大甲蟲，牠繼續用堅硬的喙猛啄，又一條前面的短腿被拽了下來。大甲蟲受不了了，不斷地吐出泡泡，往水面游去。紅鳥豈能放過牠，緊追不捨，大甲蟲吱的一聲飛出了水面，這下牠更失去了優勢，紅鳥一下子就啄住了大甲蟲的翅翼，銜着大甲蟲飛到深潭對岸，把大甲蟲從空中往一塊山石上一摔。

大甲蟲昏死了過去，顯出了原形，也沒有先前那麼大了，只不過是一隻小甲蟲翻着肚皮躺着。

男孩沒能游上岸就浮在水面上了。他中毒了。紅鳥見狀飛了過去，用鳥喙拽住他的頭髮拖拉上了岸。男孩昏迷不醒，紅鳥在他的腳踝傷口處輕輕地吮着，把毒液吸出來。幸好甲蟲的毒液並不多，紅鳥吮了一陣，男孩吐了幾口水，醒了過來。男孩腳踝傷口也很小，只有針眼那麼大。這時，男孩吹了一聲口哨，意思是說：紅鳥，我還活着？紅鳥叫了：「活着呢，不會死的！」男孩看到了那隻甲蟲，這種甲蟲在村子的溪水溝裏常常見到的，村民們都叫牠水鱉蟲，還叫牠水龜子。

男孩又游水去對岸取了草葉披肩與草葉裙、石刀，把昏死的水鱉蟲也裝進了竹筒內。他躺在潭邊休息了一會兒，正想繼續出發，麻煩的事情又來了，一團一團的蜜蜂像烏雲一樣捲了過來，把男孩圍了起來。這是成千上萬隻蜜蜂，如果被圍撲上來蜇咬一下，必死無疑。男孩脫了草葉披肩甩打着，紅鳥張開翅膀圍着男孩飛，像一道紅光罩着男孩，使蜜蜂群近不了身。被紅鳥撲搧死的蜜蜂無數，落得滿地皆是。

不過，此時出現了一位兩個腦袋的神人，滿身金光。神人一現身，蜂群立即消失得無影無蹤。男孩知道碰到山神了，馬上伏地而拜，口中連聲說：「拜見山神，失禮了！」這位山神正是黑森林之主神，他叫驕蟲[2]，是黑森林中所有

---

[2] 驕蟲：驕蟲既是山神，也是螫（普：shì 粵：釋）蟲之神。螫蟲是一種尾部有毒針可刺人的蟲。

能蜇人的昆蟲的首領。驕蟲山神說：「免禮了，你是勇敢的孩子，能走進黑森林的人，你是第一個。孩子，你跟我來，我有禮物送給你。」

男孩與鳥跟着山神走進一個地方，全是奇花異草、仙樹，香氣撲鼻。山神說：「這裏的每一株草，每一枝花，每一棵樹的草莖、花瓣、樹葉，吃一口都會讓人長生不老，孩子，你就隨便挑吧。」男孩說：「叩謝山神，我什麼也不要，我走進黑森林，看到了黑森林是什麼樣子，我已經很滿足了。」山神說：「你真是一個好孩子，真的什麼禮物也不要？」男孩拿出竹筒說：「這個禮物我帶回去，裏面有一隻放屁蟲、一隻叩頭蟲、一隻水鱉蟲，每隻蟲子都代表一段黑森林的奇遇故事，我會講給村子裏的人聽，我現在馬上想回到叔父叔母家裏去。」驕蟲哈哈一笑，說：「好孩子，回去吧！」說着，驕蟲就不見了。

男孩與紅鳥轉眼之間回到了出發的地方。男孩看向紅鳥，這時紅鳥也不見了，山崖邊站着一個穿紅肚兜的小男孩向他招手：「我是山神身邊的一隻神鳥，奉山神之命陪你去黑森林玩玩，現在你心願實現了，我也該走了。」說着就飄然而去。

## 故事取材

### 《中山經·中次六經》

原文：（縞羝〔普：gǎo dī | 粵：稿低〕之山）又西十里，曰麂（普：guī | 粵：歸）山……其中有鳥焉，狀如山雞而長尾，赤如丹火而青喙，名曰鴒鷂（普：líng yāo | 粵：玲焦），其鳴自呼，服之不眯。

譯文：縞羝山向西十里，是麂山。山中有一種鳥，牠的外形像山雞，長着長長的尾巴，通體赤色，好像一團紅色的火，鳥喙則是青色的，叫作鴒鷂，牠啼叫的聲音像在呼喚自己的名字，人吃了牠的肉就不會做噩夢。

### 鴒鷂（明·蔣應鎬圖本）

鴒鷂是一種奇鳥，樣子像山雞，有一條長尾，通體顏色鮮豔，赤如丹火。據說，吃了鴒鷂的肉能不做噩夢，還可以辟妖。

原文：（平逢之山）有神焉，其狀如人而二首，名曰驕蟲，是為螫蟲，實惟蜂、蜜之廬。其祠之：用一雄雞，禳而勿殺。

譯文：平逢山中有位神人，他的樣子像人，卻長着兩個腦袋，名字叫作驕蟲，是螫蟲的首領，他所管轄的地方也是各種蜜蜂聚集築巢的地方。祭祀驕蟲時，用雄雞做祭品，祈禳結束後不要殺掉。

**驕蟲（明·胡文煥圖本）**

　　雙頭神驕蟲是平逢山的山神，也是螫蟲之神。他所管轄的平逢山便成了蜜蜂群聚釀蜜的地方。

# 蜂兒

王仲儒 文

又東三百八十里，
曰猿翼之山。其中多怪獸；
水多怪魚，多白玉；
多蝮虫，多怪蛇，
多怪木，不可以上。

【南山經・南次一經】

## 一

蜂兒並非蜂，而是一隻如蜂之鳥。

蜂兒途經山谷時，誤入一片桐花樹林，停下來，伏在樹枝上，觀望雲一樣的花海。好奇怪，這片桐花竟不用蜂蝶授粉，只見雄花偎依着雌花，花朵含苞，盛開，雄花把花粉灑在雌花的花蕊上，然後凋謝，落在桐花樹下，化作樹木生長的養分。啪，啪，啪，雄花墜落的聲音，一聲接一聲，像是惜別的告白。群蜂飛過，群鳥聚散，對此都無動於衷，唯獨這隻蜂兒看到這一幕，因感動而停留。

蜂兒伏着，在桐花雨中出神。一滴膠質狀的樹汁，從樹皮的裂痕中滲出，凝結，滴落。蜂兒察覺到異動，仰頭一看，以為天上掉下一顆露珠，抑或是一滴蜂蜜，正疑惑間，樹汁已落在身上，把牠嚴嚴實實地裹住。

樹汁瞬間凝結，蜂兒不能動彈，感覺又悶又累，眼前的景象模糊，耳邊的聲響退遠。牠呼吸漸弱，恍如蜷縮在仄逼的蜂巢內，一下就睡着了。

這一睡，就是千年。蜂兒成了一枚琥珀。

## 二

這片桐花樹林，為伏羲所栽，後傳於太子長琴。

伏羲和長琴皆是擅樂之人。長琴常在林間漫步，護苗，取木，斫琴[1]。某夜，風雨大作，長琴惦念桐花樹，冒雨闖進樹林，只聽一聲霹靂撕開黑幕，脆生生地劈下一截桐花樹幹，橫倒在長琴身前。那樹幹可是一截千年老木啊，長琴憐惜，把它拖回居舍。次日，雨歇，天放晴，長琴見枝葉間有光亮，撥開細看，哇，竟有一顆琥珀嵌在樹皮上，裏面睡着一隻小蜜蜂般的鳥。

長琴好生喜歡，用石斧削去枝椏，擱在山房的簷下，等待木質陰乾後，將這截桐花樹幹斫成了一牀良琴。

每日，長琴都在窗下撫琴。

這是他的功課。燃一炷香，靜心，端坐，輕撫絲弦，以弦樂之聲，與微風、細雨、浮雲和流水交談，一闋終了，餘音悠長，感覺天人合一。

這天，長琴習罷早課，煮一壺茶，啜一口，忽聽見窗外一聲微弱的碎響，像是喘息。長琴來到簷下，捧起那截桐花木，陳化數年後，木質變得輕、鬆、脆、滑，表皮上的琥珀越發晶瑩剔透。小蜂鳥眼睛睜着，長琴伸出食指，碰碰牠，他尋思：被樹汁凝固的小蜂鳥，到底是睡着還是醒了？

---

[1] 斫（普：zhuó｜粵：雀）琴：一種純手工製作古琴的技藝。

其實，在那一瞬間，蜂兒醒了。

啵，一聲微弱的碎響，琥珀與桐花木之間，裂開一個缺口，好似針芒，肉眼看不見，細如髮絲的風和濕氣卻灌了進來。蜂兒醒了，突如其來的強光刺得牠瞳仁灼痛，牠下意識地掙扎，卻被一個堅實的殼緊錮着，渾身僵硬，動彈不得，牠想嘶叫，但怎麼也發不出聲音。驚恐至極時，蜂兒眼前隱現出一個模糊的人影，那人伸出手指，觸碰了牠，雖然相隔一層晶體，無法感知溫度和觸覺，但牠仍感到安慰，短暫的瞬間的安慰。隨着指尖的離開，恐懼又像無邊無際的暗夜那樣覆蓋下來，蜂兒絕望啊，並在絕望中再次陷入沉睡。

三

一日，天晴朗，人精神，長琴心情舒暢，動手斫琴。

長琴恪守伏羲傳授的形制和技藝斫琴。他用石斧，把桐花木劈成二爿。一爿做琴的面板，一爿做琴的底板。他用石刀，在面板上斬出琴的外形，狀似一柄蕉葉，又將琥珀嵌在琴頭，乍一看，像是蕉葉上的一滴雨珠。他用石刨把面板削成拱形，又在面板的背腹部，掏出琴的內腔，鑿開兩條淺淺凹槽。他不時把面板貼近耳畔，手指反覆輕叩，辨析音色和音質，以調整凹槽的深度和長短。調音停當，他在琴頭處挖深溝，嵌入用以撐起琴弦的嶽山。然後，他斫製底板，複製琴的輪廓，用石鑿刻穿底板，鑿出一個條狀擴音孔。最後，他用膠汁把面板和底板黏合，一牀琴有了胚形。

長琴深吐一口氣，忽見桐花樹林中堆滿了落英和桐籽，這才驚覺窗外已是幾度春秋。

長琴斫琴時，蜂兒醒過幾回。

一次，是長琴調音，輕叩面板，篤，篤，篤，有節律的叩擊，把蜂兒敲醒，又把蜂兒震暈，牠隱約看見一個男子的側影，旋即再次睡去。

另一次，蜂兒無端醒來，眼前還是那個男子。男子面容俊逸，髮鬚灰白，紮髮髻，着布衣，正凝視着蜂兒。他清澈而憂鬱的眼神，好似荒野裏的光亮，讓蜂兒感到溫暖和希望。男子直直地看着蜂兒，蜂兒似被催眠，怔怔地入寐。

這次，一股花蜜氣味漫過縫隙，喚醒了蜂兒的胃，好餓啊，蜂兒下意識地動了動嘴，不料想，牠真的吮吸到一脈汁液，清甜，醇香，濃稠，勝過瓊漿玉液。這難道是自己的最後一餐嗎？蜂兒想着，倒抽一口氣，內心蒼涼。

原來是長琴在為琴上色呢。

他去桐花樹林撿來花朵和桐籽，用石臼搗爛，壓榨出富含花粉的桐花油，再摻入磨細的鹿角粉，攪勻後，用棉紗沾着桐花油，在琴板上輕柔地按壓、拍打，一遍又一遍。桐花油滲入琴板，木胚顏色變得沉鬱，花粉和鹿角粉卻附着在表面，好似灑了金粉，熠熠閃光，甚是華美。

長琴沉浸在勞作的喜悅中，他不知道，幾滴桐花油漫過琥珀和琴板的縫隙，成了蜂兒的食物。

蜂兒身體暖了，眼角流出一滴淚。

像針眼大小的淚滴，是蜂兒的求救信號。長琴發現了，但他誤以為這是侵入琥珀內部的濕氣，便把琴擱置在簷下吹風。是啊，有誰會想到，這枚千年琥珀裏竟然藏着活物？

屋外陽光明媚。蜂兒看見一棵桑樹，樹上結滿蠶繭，銀亮得灼眼。長琴挑揀透明的蠶繭，指甲一勾，引出線頭，將線頭繫在木輪上，木輪轉動，牽出了長長的絲線，末了，飛出一隻蛾子，落在桑葉上，產下卵，飛走了。長琴摘下佈滿卵籽的葉片，放入匣子裏存着，等來年孵化。而後，他用九股絲線搓成一根弦，共搓了五根，將弦繞在琴軫和雁足上繃緊，至此，一牀琴真正完成了。

四

隱居山林的樂人聞訊而來。

他們圍觀新琴，嘖嘖稱奇。長琴洗手，焚香，靜坐良久，才凝神撫琴。眾人散坐四周，或盤腿，或斜倚，或半躺，屏息聆聽。

蜂兒醒着。被眾人圍繞時，眼前暗影幢幢，聒噪不斷，蜂兒煩亂且恐慌，牠感覺被逼入絕境，不由一陣窒息。這時長琴撥動琴弦，那曲音清幽雅靜，好似一股冷香沁入肺脾，一聲一聲，蜂兒逐漸安定下來，又逐漸被琴曲感染，沉浸於琴曲的意境之中。尾聲的餘音，裊裊的，嗡嗡的，好似蜂群的聲音，這讓蜂兒感覺親切，感覺自己並不孤單，好像蜂鳥群就在身邊、在桐花樹林裏，同伴們或聚或散，在日落

前歸巢。餘韻未絕，蜂兒竟在琴音中安然睡去。

　　一曲終了，眾人一時無聲，繼而紛紛讚歎：天籟佳音，難得良琴。長琴也頗為得意，尤喜琴之尾音，迴旋往復，不絕於耳，長琴覺得琴音似與蜂兒有緣，沉吟片刻，遂在琴背篆字，取名「蜂鳴」。

　　長琴極鍾愛蜂鳴，撫琴前，必細緻擦拭，直至明淨無塵，然後，對着琥珀，呵一口氣，再把琥珀擦得錚亮。每到這時，蜂兒都會被喚醒，撲面而來的花草氣味，春天蘭芽，夏天竹衣，秋天菊瓣，冬天梅蕊，讓牠暫時平靜而忘憂。之後，長琴習早課，蜂兒也跟着做自修。日復一日，蜂兒在長琴的琴音中，聽到了山風、雨滴、飛雪、花開的聲音，聽到了愛、憂愁、離別和無盡的思念。蜂兒覺得，即使被囚禁在硬殼裏，也能感受到四季的存在，牠無奈而滿足，牠慶幸有那人、那琴、那曲相伴，讓牠在絕望中還可以等待和微笑。

　　某日，冬寒，雪滿天，紅梅花開，長琴在梅下撫琴。梅枝斜逸，枝頭棲一小鳥，立雪聽琴，紋絲不動。曲畢，小鳥飛到琴上，用鳥喙輕啄琥珀，猛地，小鳥一聲尖叫，飛回枝頭，不安地來回急走。

　　啊，那小鳥定是聽到了我的心跳，驚着了。蜂兒覺得有趣，繼而又欣喜地想：要是我也長有尖刺一樣的喙，就能破殼而出了。

　　蜂兒決定練功。

　　牠的嘴不斷地蠕動，牠有細小的鳥喙，柔軟而不尖銳，

牠試圖讓鳥喙變得堅硬起來。牠持續的蠕動，讓牠肌肉酸脹，合不攏嘴，流出口水，即便如此，牠仍感到充實，日日聽琴、練功、睡眠，不覺時光難捱。轉眼入秋，風乍起，桐花油日漸苦澀，舌尖殘留未溶解的粗細不勻的粉末，蜂兒反覆咂摸，忽而，牠一陣狂喜：莫非這是琥珀的味道？牠努着喙，眼睛朝下看，竟然看到了自己的喙：一小塊尖尖的紅色，那是長年磨礪後生成的肉繭。蜂兒自忖，這定是世上最奇特的喙，於是牠很有成就感，更執着地練功。漸漸地，蜂兒發現，琥珀的粉末內含功效，能促使肉繭強健、硬實，一天天變得接近於真正的喙，同時，牠的尾刺也似在膨脹，常常感覺灼熱或痛楚。蜂兒強忍着，在牠看來，這種痛楚其實是一種悲壯的存在。

## 五

長琴夢見伏羲。

山巒。楓木。雲霧。霧散後，見伏羲盤坐，手持一竹管，白色，三尺，九節，六孔，豎吹，音色恬靜清幽。伏羲告之，樂器名「簫」，常與琴和鳴。長琴遂與伏羲對坐合奏，琴聲澹泊，簫聲悠遠，兩相映照，如訴如語，似世外天韻。伏羲與長琴你應我和，從日出到月升，意猶未盡。直到雲霧復又來，伏羲隱身，簫聲遠逝。

長琴夢醒後，回味良久。

樂人雅集時，長琴說起夢中場景，眾人皆以為是伏羲託

夢，告知琴外有簫，有意促成天作之合。眾人約定，擇日巡山，尋找製簫的白竹，重現雅韻。

一行人循着長琴夢中的路徑出發。長琴負琴而行，蜂兒隨之繞溪流、穿幽谷、翻越峰嶺。入夜，月下露宿，長琴點一堆火，與友對酌，與月對吟，酒酣後，抱琴入眠。晨起，火堆已成灰燼，山間奇禽異獸左右環伺，長琴撫琴，山歌水吟，眾禽獸散盡。午歇，長琴以桐花油潤琴，暗香浮動，引來蜂蝶一路相隨，蜂兒實在快活。走過千里，山勢更峻峭，林木也繁盛，蜂兒發現，每到迷途，總有楓木指路，過後即隱去，似藏玄機。及至群山峰頂，濃霧泛湧，天地蒼茫。正躊躇時，見一樵夫踏歌而行，如履平地。一行人亦步亦趨，隨樵夫下至谷底。雲開，霧散，忽見一片竹海，蒼翠欲滴，隨風搖曳，一如長琴夢中所見。樂人喟歎：尋找白竹好比大海撈針，該如何是好。長琴不語，擇一巨石，盤坐弄琴，一改清雅之態，神色剛勁，指法鏗鏘，勾，托，剔，劈，拂，滾，撥，聲擊長空，韻聚風雨，一時間，枯葉翻飛，竹枝紛紛搖晃，唯有一杆白竹，在竹林深處傲然挺立，直挺挺紋絲不動。

琴聲戛然而止，弦顫不止。

蜂兒被聲波震得暈眩，眼冒金星，稍歇，牠正驚魂未定，又聽得一陣迸裂聲，灼眼的光如利箭般穿透琥珀，直刺雙眼。蜂兒閉眼，良久，才又睜開，只見眼前的影像錯位、變異，好似幻夢空間。

蜂兒意識到：這不是夢，是琥珀迸裂了。

長琴走進竹林，放下琴，撫摸白竹。

這枝白竹管身圓滿，紋理順直，質地瑩潤，無蟲蛀、乾縮、劈裂、蜂腰、突肚等缺陷，屬竹中珍品。

長琴用石斧砍白竹。他像雕刻一樣，一刀一刀，細緻地截斷竹枝。聽見竹管內有聲響，他倒置細看，喲，蝮蟲！一種近乎白色透明的小蛇，正躲在竹節間，瞪着他。長琴一驚，蝮蟲已從竹管內滑出，爬上長琴的手臂。樂人見狀，用竹鞭敲擊牠。蝮蟲受驚，欲回逃，見管口被堵，舌信一吐，在長琴虎口處狠咬一口。樂人惱怒，圍攻蝮蟲。長琴忙制止，說道：我等失禮在先，毀牠居所，豈能再錯？放牠生路吧。樂人住手，蝮蟲鑽入白竹根部，倏然消失。

長琴虎口處瞬間已紅腫，然後，他感覺麻木，猛地跌倒，陷入昏迷。樂人用石針刺破傷口，擠出黑血，又去溪邊取水，餵長琴服下解毒藥丸，終不見長琴醒來。樂人急煞，分為兩路，一路去山裏人家尋醫討藥，一路攀上峭壁掏蜂窩，用蜂毒克蛇毒。

蜂兒在長琴身邊。牠尚能聽見長琴的呼吸，微如游絲，奄奄一息。牠為長琴而掙扎，竭力擺脫黏附在身上的琥珀的碎殼。牠看見長琴臉上的血色像潮水一樣褪去，臉變得慘白。牠急啊，死命一搏，從琥珀中掙脫而出。牠滿是創口，鮮血淋漓，幾乎窒息。牠張開破損的翅膀，緩慢地搧動翅膀，像一隻笨鳥。牠每一次搧動，都是一次宛如撕裂的煎

熬，痛徹全身。牠跌跌撞撞地飛起來，沒幾下，又墜落在長琴手上，短短的一尺距離，牠卻感覺像飛越了萬水千山。牠挪到長琴虎口處，弓起身子，把尾刺扎了進去。叭，很輕的一下，尾刺斷了，帶着千年煉就的蜂毒，離開了蜂兒的身體，像活物一樣，游進長琴的血管裏。蜂兒心力耗盡，牠蜷縮在長琴的手上，感覺長琴的手指顫動了一下，牠恍惚聽到一聲琴音，只有一聲。呀，琴音留住了，世間若無琴音，那該多麼蒼涼啊。這是蜂兒留在世間最後的念想，然後，牠就乾枯成一枚空殼，被風吹走了。

## 六

又到絲竹雅集。

琴簫合奏壓軸。長琴撫琴，一位樂人吹簫。兩人以曲敍事，蜂琴蛇簫，重現一段往事，曲畢，樂人散。長琴端坐琴前，仍不能自拔。窗外，又見桐花盛放，如雲如霞。夕陽西斜，恰有一束光，照射在琴上。殘缺的琥珀，狀如梅瓣，花心處，簇着一小團粉塵，形似一隻蜂鳥。長琴久久凝視，大氣不喘，唯恐驚擾了牠。

看着，看着，長琴噙着淚笑了。

# 故事取材

## 《大荒西經》

原文：（西北海之外）有榣山，其上有人，號曰太子**長琴**。顓頊（普：zhuān xū｜粵：專旭）生老童，老童生祝融，**祝融**生太子長琴，是處榣山，始作樂風。

譯文：在西北海以外的地方有座榣山，山上有位神人，號稱太子長琴。顓頊生了老童，老童生了祝融，祝融生下了太子長琴，太子長琴就住在榣山上，開始創製樂曲。

### 太子長琴（清·汪紱圖本）

太子長琴是顓頊的後裔、祝融之子，傳說中他是音樂的創始者之一。太子長琴的祖父叫老童，老童說起話來像敲鐘擊磬，據說太子長琴能創製音樂，便與老童的樂感有關。

## 《海內北經》

原文：**大蠭（蜂）**，其狀如螽（普：zhōng｜粵：棕）。朱蛾，其狀如蛾。

譯文：有一種大蜂，牠的樣子像蜜蜂。有一種朱蛾，牠的樣子像蚍蜉。

**大蜂（明·蔣應鎬圖本）**

曠野中有一種大蜂，腹大如壺，其蜂毒可以殺人。

## 《南山經·南次一經》

原文：（堂庭之山）又東三百八十里，曰猿翼之山。其中多怪獸；水多怪魚，多白玉；多<u>蝮蟲</u>，多怪蛇，多怪木，不可以上。

譯文：堂庭山向東三百八十里，是猿翼山。山中有許多怪異的野獸；水中生活着很多奇怪的魚，盛產白玉；山中有很多蝮蟲，很多怪異的蛇，很多奇特的樹木，人不可以登上這座山。

**蝮虫（明·蔣應鎬圖本）**

蝮蟲即蝮蛇，是一種可怕的生物。郭璞稱蝮蟲鼻上有針，大者百餘斤，又名反鼻蟲。

# 鴉哥

王仲儒 文

又東北百二十里，

曰女几之山。其上多玉，

其下多黃金。

其獸多豹、虎，

多閭、麋、麖、麂，

其鳥多白鷮、多翟，多鴆。

【中山經・中次八經】

　　鵃哥一夜蒼老。

　　從前，鵃哥是何等的英武，冷銳的眼神，劍一般的尖喙，強悍的利爪，雙翅剛勁有力，飛翔時呼呼生風，一身黑色羽毛，在陽光下熠熠閃亮，一聲嘯叫，威風八面。鵃哥常常似一朵烏雲，在空中滯留，即使在千尺之上，也能洞悉隱匿在石縫或樹枝間的毒蛇，那一刻，鵃哥一聲長嘯，羽翼舒展，像風一樣颸過，毒蛇尚未覺察，已被叼走，成為鵃哥的獵物。每到這時，山林間總迴蕩着眾飛禽的驚呼和頌揚。鵃哥，在眾飛禽眼裏，那就是神一樣的存在啊。

　　只是，鵃哥怎地突然就失去了光彩？牠變得萎靡，失神，不安，微張着嘴，不停喘息，時不時地，牠嘴角還會湧出唾液，盡顯老態。

　　眾飛禽不解，幾經回想，才推算出鵃哥是在那日之後，逐漸衰老的。

　　那日，鵃哥看見山石間有一個池塘。時值正午，寂靜無風，水面上卻泛起波光，一道道，一層層，編織成一張金色的網。鵃哥正奇怪，忽見金光之下，一條雙尾蛇在水底嬉戲。鵃哥大驚，那蛇名叫肥遺，一個頭，兩個身子，若牠冒出水，周遭即會大旱。鵃哥沒多想，立刻從高空俯衝而下。肥遺豈是等

閒之輩，見一道暗影墜落，雙尾攪動，掀起一簇簇水花。那水花細密而灼亮，鴆哥被晃了眼，竟然撲了個空。肥遺乘機一個飛躥，遁入池塘邊的亂石中。鴆哥回轉身，肥遺早已隱沒，池塘的水也隨之瀉盡，消逝無蹤。鴆哥站在枯竭的池塘裏，沮喪了好久。

眾飛禽估摸，定是鴆哥失手，沒逮到肥遺，又引來旱情，這才讓牠一夜愁白了頭。

過了幾日，鴆哥精神越發不濟，嘴巴也越發地合不攏，常有唾液垂落，滴滴嗒嗒，落在地面上倏地冒起一溜煙，滋滋地響。又幾日，鴆哥的下顎處竟然生出一顆小瘤子，時隱時現，很是不祥。於是，眾飛禽猜想：這定是鴆哥之前毒蛇吃多了，蛇毒在體內日積月累，變作毒瘤子，就連唾液也變得有毒了，沒準牠喝的水都會有毒呢。

眾飛禽惴惴地想着，開始有意無意地避讓鴆哥了。

鴆哥才不理會眾飛禽的猜疑和疏遠呢。歇過幾天，鴆哥蓄足了力氣，雙翅一抖，往西飛去。太陽落山的時候，鴆哥找到一個水塘，水質清澈，水草肥美，鴆哥在水塘邊降落，牠把頭深深地埋到水裏，張大了嘴，天吶！一個水母，噢，不，是一尾晶瑩透明的小蝌蚪，戰戰兢兢地，從鴆哥的嘴裏游了出來。

這可是眾飛禽做夢也想不到的奇談怪事啊。

眾飛禽哪裏曉得，那日，鴆哥在金色池塘裏偶遇肥遺，肥遺逃遁，塘水消退，塘底嵌滿黑點，密密麻麻的，盡是蝌蚪的屍骸，鴆哥剛要離開，忽見一個水窪裏翻動着一小簇水花，一

尾小蝌蚪氣息尚存，竭力掙扎。那蝌蚪好奇特，通體透明，相貌非凡，嘴巴橫闊，眼球鼓泡，牠可憐巴巴地望着鳩哥。眼見着水窪即將乾涸，鳩哥心一軟，頓生憐憫，牠一伸脖子，把蝌蚪含進嘴裏。

　　但是很快，鳩哥發覺這個善舉帶給自己的竟是無法言語的負擔和累贅。鳩哥含着蝌蚪，無法捕食，即使兇猛的利爪按住了毒蛇，也不能啄食，害怕蝌蚪因此而受傷，只好生生地挨餓。鳩哥不能閉嘴，需要張開一條縫，讓口腔裏空氣流通，這樣蝌蚪才不至於憋死。鳩哥嘴巴半張着，時間久了，口水湧上來，鳩哥還不敢吞嚥，唯恐稍不留神，誤把蝌蚪嚥下，傷了牠性命，只得任由口水滴落，像個傻子。鳩哥更不能說話，也羞於解釋，如果告訴眾飛禽嘴裏養着一尾蝌蚪，定會被笑話，與其被無休止的聒噪鬧得心煩意亂，不如索性把祕密留在心底。

　　就這樣，沒過幾天，鳩哥已淪落為一副衰老、呆滯、心事重重的慫樣，在眾目睽睽之下，跌落神壇。鳩哥當然不甘心，幾番折磨和糾結，牠終於起飛，往西，迎着落日，為蝌蚪找到這片能夠安生的水塘。

　　鳩哥把腦袋埋進水裏，蝌蚪從口中游出，鳩哥鬆了口氣，牠大口大口地喝水，啄食水草的嫩芽和根莖，揚起脖子，呼吸濕潤的空氣。夕陽的餘暉把水塘染成金色，鳩哥站在水邊歇息，入神地看着蝌蚪在水裏撒歡，越游越遠。鳩哥正要離開，卻發現踩在水裏的雙足不知不覺地露出了水面，水塘裏的水忽然就退去了。逆光中，鳩哥隱約看到肥遺的兩個身體攪纏在

一起，偽裝成一股繩索，飛快地躥進對岸的草叢裏，一晃不見了。鳩哥腳一蹬，展翅欲追，又見水塘已近乾枯，蝌蚪在薄水中蹦躂，危在旦夕，鳩哥憤憤地嗷叫一聲，撲上去，再次把蝌蚪含在嘴裏。

好狡猾的肥遺，與鳩哥做了冤家，卻利用蝌蚪與鳩哥智鬥。鳩哥也明白，那是肥遺的伎倆，但是蝌蚪實在無辜，怎忍心見死不救呢。

那麼，如何才能擺脫肥遺？鳩哥試着暗夜出行，在月色下尋找池塘，或者，牠繞道飛，飛很遠的路程，迷惑肥遺，使之失去跟蹤的目標和信心，但最終都無濟於事。肥遺如影隨形，像幽靈一樣，每次都準確判斷出鳩哥降落的池塘，隱匿於深水，待鳩哥吐出蝌蚪，喝過水，吃過草之後，肥遺便迅速探出頭，抽乾塘水，然後躲在暗處，窺視鳩哥狼狽不堪地營救蝌蚪。那一刻，肥遺的身體不住地纏繞、扭動，傳達着一種抑制不住的興奮。

肥遺重複着遊戲，樂此不疲，鳩哥竟沒轍，任由肥遺戲弄。這天，鳩哥來到池塘邊，微閉着嘴，並不急於放生蝌蚪或喝水吃食，而是瞪大眼珠，盯着池塘，觀察水紋動靜。見那池塘明淨而平靜，並不見肥遺影蹤，牠這才張開嘴，及近水面，「啵」的一聲，蝌蚪跳了出來，濺起一朵小水花。鳩哥一呆，定睛細看，那蝌蚪似乎長大了，圓滾滾，像個丸子，身下還長出四隻小腳，小腳划着水，搖頭擺尾地游動，煞是可愛。鳩哥歡喜地看着，忘了吃食，忘了飲水。想到蝌蚪在自己的嘴裏竟

也能這般地成長，鳩哥心裏湧起一股暖流，眼睛不由得濕潤起來。突然，塘底揚起一蓬泥沙，似有活物在泥下扭動，鳩哥料定是肥遺作祟，正欲撲上前，又見蝌蚪尾巴一抖，驚懼地又向自己游來。顧及蝌蚪的安危，鳩哥一口銜起蝌蚪，撲啦啦地飛走了，留下肥遺在泥塘裏發愣，甚是不解。

鳩哥飛去又飛回，雖疲憊不堪，但眼裏卻有了神采。鳩哥站在樹枝上，四下寂然無聲，牠靜聽蝌蚪輕微的呼吸，承受蝌蚪的腳丫傳遞的力度，感知生命的變化和成長。蝌蚪的身子越發地大而壯，卡在鳩哥的嗓子眼，十分添堵，令鳩哥時不時地感覺發癢、打嗝、作嘔，但鳩哥強忍着，喘息着，牠用羽翼輕拂下顎，好似在安撫嘴裏的蝌蚪。鳩哥立誓：再難也要把蝌蚪養大。相比與肥遺的角逐，這或許是另一種勝利。

暑氣蒸騰，山色蒼黃，眾飛禽皆張着嘴喘氣，感覺憋悶，煩躁不安，再遙望鳩哥，只見牠獨處於林間，曲項向天，拍打翅膀，在枝上跳動，好似仙鶴在舞蹈。眾飛禽納悶：鳩哥有什麼可高興的？下顎的瘤子那麼大，那麼沉，整張臉都被擰歪了，那麼恐怖，莫非是鳩哥痛糊塗了？眾飛禽悲慟地想，鳩哥可能已病入膏肓，並無多少時日了。

眾飛禽沉痛之日，卻是肥遺竊喜之時。肥遺並未善罷甘休，決意與鳩哥纏鬥，牠順着整個山巒的地下水系，遊走於四通八達的溶洞和池塘，切斷了方圓百里地域的水脈。

水塘越來越遠。鳩哥的每一次飛行，都讓牠耗盡氣力。牠下顎沉重，脖頸下垂，如同吊着一個秤砣，牠的雙翅也綿軟無

力，只能像小雀鳥一樣，貼着樹梢低飛。常常，飛上一整天，鳩哥才能找到一個池塘或是殘留在石縫間的剩水。牠晃晃悠悠地降落，吐出蝌蚪，用麻木的鳥舌舔一舔，涼水入口，燒灼着牠的喉嚨，匆匆地，沒喝上幾口，水卻已近消失。水汽蒸騰中，鳩哥恍惚看到肥遺得意的模樣，像章魚一樣甩動着身子，好似在譏笑，任憑鳩哥怎麼飛，也飛不出牠的掌心。鳩哥就在這種蔑視下，使勁張大嘴，把蝌蚪含進去。牠閉着眼，喘着氣，試了幾次，這才顫顫巍巍地起飛。

好久沒下一滴雨了。天氣燥熱難耐，野草被曬得枯萎，灌木和喬木樹葉捲曲，像一把把乾柴。滾燙的風一吹，就能把枯草點燃，在山野裏燃起一簇一簇的火焰，綠野頃刻焚成焦土。鳩哥隨眾飛禽遷徙，無奈體力不支，被落在了最後，飛過一程，一見有巨大的枯樹，就要在樹影下歇息好一陣，然後再往前趕路。山火順風漫延，腳步飛快，幾乎要追上鳩哥，鳩哥真的飛不動了。

遠遠地，鳩哥望見前方有片水，在荒原裏像一面鏡子，似在召喚。鳩哥明知這是肥遺的圈套，但還是毅然決然地撲了過去。牠已無力與肥遺死磕，只想有一片水，放蝌蚪一條生路。鳩哥墜落一樣，跌進那個水塘，牠側躺在水邊，雙腳已軟，無法站立，但牠僵硬地昂着頭，張大嘴，費盡力氣，把蝌蚪吐了出來。

塘水旋即消退。潮濕的泥濘裏，裸呈着鳩哥和蝌蚪，像一大攤黑色和一小點白色。鳩哥渾身透濕，羽毛緊貼，更顯出

身軀的乾瘦薄削，牠使勁支起碩大的頭顱，雙目無神地看着蝌蚪。蝌蚪就在嘴邊，小而透明，全身裹滿鳩哥的唾液，像一層胎衣，閃着銀光。陽光炙熱，很快把唾液烤乾，胎衣變成了薄殼，啪啪一陣碎響之後，龜裂出紋路，然後一爿一爿地剝落。鳩哥發現，這個在牠嘴巴裏哺育的小生命，已經由蝌蚪蛻變成一隻蟾蜍，鼓嘴，瞪眼，四肢強勁，甚是精神。鳩哥瞇縫眼笑了，狂喘一陣後，癱軟在泥沼中。

蝌蚪變蟾蜍，起先還白色透明，陽光直射，瞬間染成金色，成為一隻世間罕見的金蟾蜍。蟾蜍鼓起腮，對天呼叫，「呱，呱，呱」，這三聲，聲擊長空，餘音不絕，凝固的熱浪被震動，恣意翻湧，積聚成連天的烏雲，終於，大顆大顆的雨點，重重地砸向大地，濺起茫茫泥塵，大雨傾瀉，水塘瞬間被注滿。

肥遺沒料到蟾蜍有如此能耐，牠幾乎被大雨擊暈，被激流沖垮，牠瑟縮在塘底亂石中，待水塘恢復平靜，身子一直，故伎重演，急欲從水中冒出。哪知身下湧起一根水柱，頂着肥遺往上升，始終不讓牠得逞。肥遺無計可施，甩着身體橫走，企圖逃脫。金蟾蜍不急不忙，吐出一個水泡，那水泡似有若無，變幻着形狀和顏色，晃蕩着飄向肥遺，把肥遺結結實實地裹了進去。肥遺上躥下跳，左衝右突，就是撕不開，掙不脫，逃不掉，只能在水泡裏徒勞折騰。

鳩哥也在大雨中恢復活力。牠飛上天，又俯衝下來，敏捷神勇，一如往昔。肥遺見狀，在水泡中蜷作一團，感覺一個巨

大的黑影覆蓋下來。鳩哥羽翼掠過水泡，把水泡刮得像個球一樣飛轉起來。肥遺絕望地閉上眼睛，出乎意料的是，鳩哥並沒有啄破水泡，捕食肥遺，而是隔着水泡，瞥了肥遺一眼，那目光犀利而堅定，深藏着一種信念。肥遺與鳩哥對視，立刻服輸了。肥遺不禁歎息，這水泡或許是牠這一生的歸宿了。

鳩哥在蟾蜍跟前停住，眼裏滿是溫柔。牠尖利的喙，在蟾蜍的嘴邊輕輕地啄碰，蟾蜍的眼中蓄滿淚水，一個勁地往鳩哥的下顎處磨蹭，鳩哥仰起脖頸，任由蟾蜍親昵。鳩哥張開嘴，想像從前一樣含住蟾蜍，但蟾蜍長大了，再也含不住了。鳩哥甩了甩頭，一串水滴飛出，像是淚水。然後，鳩哥脖頸仰天，一聲長嘯，決絕地飛向遠方，頭也不回。

# 故事取材

## 《中山經·中次八經》

原文：（驕山）又東北百二十里，曰女几之山。其上多玉，其下多黃金。其獸多豹、虎，多閭、麋、麔、麖，其鳥多白鷮、多翟，多鴆。

譯文：驕山再往東北一百二十里，是女几山。山上盛產玉石，山下盛產黃金。山中的猛獸大多是豹子、老虎，還有很多山驢、麋鹿、麔、麖，山中的鳥類大多是白鷮、山雞，有很多鴆鳥。

### 鴆（明·蔣應鎬圖本）

鴆是一種食蛇的毒鳥，外形像鷹，體型和貓頭鷹差不多大，通體紫綠色，長頸赤喙。凡是鴆鳥飲過水的地方，水源都會有劇毒。

## 《北山經·北次一經》

原文：（渾夕之山）有蛇，一首二身，名曰肥遺，見則其國大旱。

鴆哥

譯文：渾夕山上有一種蛇，牠長着一個腦袋，兩條身體，名字叫作肥遺，肥遺一旦出現，牠所在的國家就會大旱。

**肥遺（明·蔣應鎬圖本）**

渾夕山上的肥遺是一種一頭雙身蛇，身長八尺，牠的出現是乾旱的徵兆。商周青銅器上常見一頭雙身蛇紋飾，這種紋飾便被稱為肥遺紋。

## 《北山經·北次三經》

原文：（題首之山）又北百里，曰繡山。其上有玉、青碧，其木多栒，其草多芍藥、芎藭。洧水出焉，而東流注於河。其中有鱯、黽（普：měng｜粵：猛）。

譯文：題首山再往北一百里，是繡山。山上出產玉石、青碧，山中的樹木多是栒樹，草則多是芍藥、芎藭。洧水發源於此，向東匯入黃河。水中有很多鱯魚和蟾蜍。

**黽（清·汪紱圖本）**

黽是蛙的一種，生活在水中。黽的外形像蛤蟆，體型稍小，通體青色。

# 人面鴞

朵芸 文

有獸焉，其狀馬身而鳥翼，

人面蛇尾，

是好舉人，名曰孰湖。

有鳥焉，其狀如鴞而人面，

蜼身犬尾，其名自號也，

見則其邑大旱。

【西山經・西次四經】

　　崦嵫山腳下住着一位女子，年方二八，名叫青女。她生得水靈漂亮，上有爹娘。娘忙於耕作，青女平日隨爹爹一起上山掰柴。

　　每逢晴朗的日子，在山上掰柴歇息的空檔，青女喜歡站在一塊大石頭上放聲高歌。青女的歌聲悠揚甜潤，山澗泉水叮叮咚咚為她伴奏。山上的鳥兒從四面八方飛來，聚集在枝頭和石頭上，把青女圍在中央，「啾啾啾」「咕咕咕」叫着，跳着，成了最協調的和聲。

> 喲呵喲呵——掰柴
>
> 掰柴（啾啾）掰柴（咕咕）掰柴（啾啾啾）
>
> 我和爹爹掰柴來
>
> 白鷳①飛過尾擺擺，尾擺擺（啾啾）
>
> 遇見麂鹿②不開弓
>
> 腳下螞蟻哎（啾啾）我不踩

————————

① 白鷳（普：yèl 粵：廿）：神話中樣子像野雞的鳥。

② 麂（普：jǐl 粵：己）鹿：一種體型較小的鹿。

山上大樹一簇簇

嶺上樹木一排排

迷穀③文莖④都不掰

青女我——（咕咕）只把構樹枝兒採

構樹枝兒採（咕咕——啾啾）

歌聲結束，鳥兒們都飛起來，繞着青女撲搧翅膀，像在為青女鼓掌歡呼。青女的兩個肩膀上站滿了鳥兒，牠們唧唧啾啾，像在與青女聊天。一隻鳥兒站在青女頭上，幫她剔去樹上飄落的絨毛。還有一隻鳥兒撲騰着翅膀，把青女的頭髮編織成一個鳥窩，這隻鳥與別的鳥不同，牠是所有鳥中最獨特的一隻——人臉，猴子的身體，拖一條狗尾巴，但卻有鳥的羽毛和翅膀。

此鳥自青女出生時便養在家裏，據說已經守護了青女家祖宗五代。牠始終不見老去，雙眼總是那麼犀利有神，羽毛豐滿油亮。這鳥平日抓老鼠果腹，也吃野果。牠善解人意，聰明體貼，與青女形影不離。因牠發出「鴞鴞」的叫聲，鄰里便呼牠人面鴞，青女則喚牠阿肖。阿肖有雙鋒利的爪子，

③迷穀：一種傳說中的樹木，它的花能夠發光照耀四方，人佩戴了這種花朵可以防止迷路。
④文莖：一種傳說中的樹木，它的果實像棗子，人吃了這種果實可以治癒耳聾。

能夠驅趕猛獸和妖魔。她和爹上山砍柴如遇到野狼襲擊，阿肖會立刻飛上前，用尖銳的雙爪死摳狼的脖子，不出片刻，狼必定疼痛難熬、落荒而逃。

阿肖還有個絕技：但凡妖魔施展法術使凡人或動植物幻化變身，只要阿肖咬一下妖魔，便能使人或動植物恢復原形。

牠用和人一樣的嘴咬着青女的頭髮，與爪子配合，非常快速地編啊，纏啊，將青女頭頂長髮編成了一個漂亮的鳥窩，後面頭髮編成一根根辮子。青女保持着這種髮型，讓小鳥兒在頭頂的鳥窩隨意進出。

阿肖雖然不會講話，但能夠通過嘴、翅膀、爪子的動作和青女默契交流。尤其是青女的眼神，只要她的眼珠轉一下，阿肖就明白青女心裏想的是什麼。青女用手拍拍阿肖翅膀，阿肖就能明白她的喜怒哀樂。有時青女想上山採野果，只要去摸摸阿肖的翅膀，阿肖便會心領神會陪她上山。

有一次在山上，青女趴在石頭上與鳥兒們嬉戲，不小心從石頭上滑下來，一直滾到山坡下。爹爹急着在後面邊追邊罵：「死丫頭，叫你不要在石頭上玩，就是不聽……」

青女劃破了衣服，臉上多了幾道劃痕，手臂也被劃破了，破皮處露出鮮紅的傷口，她痛得大聲哭起來。阿肖伏在她身上，用舌頭舔舐她的傷口，然後飛進山裏採藥去了。

等爹爹趕到，只見一青年男子把青女扶坐起來，那人不慌不忙地從懷裏掏出乾草藥，握在手心揉碎，然後給青女擦拭傷口，邊說：「還好，沒事，只是劃破了皮。」這男子看

上去比青女年長幾歲，模樣俊朗強壯。青女停下哭聲，乖乖地伸手配合敷藥。爹爹湊上來，止住滿嘴嘮叨，望望青女，見她尚掛着淚珠的雙眼正望着那男子，嘴角揚起從未有過的笑意；再望望那男子，見他取一點藥泥擦去血跡，再敷一些在傷口上，然後從懷裏摸出一根青藤條覆上一片樹葉包紮好。爹爹覺得這男子來歷不明，滿臉疑惑。過了片刻，男子收起草藥放入懷中對爹爹說：「傷口不要沾水，過幾天就會好的。」然後撿起一捆剛採的草藥起身離去。爹爹愣了愣，向着男子的背影問：「這位壯漢面生，請問尊姓大名？」那男子轉過身，雙手抱拳說：「我乃漁民夷，與爹爹住在河對面，今日採藥路過此地。」說完，拱手離去。

待夷離去，阿肖採集了幾株草藥從遠處飛來。

此次事故後，青女被爹爹留在家中，爹爹讓阿肖陪護在青女身邊，再不帶她上山掰柴。

此後，青女經常獨自在家，鳥兒們繞在屋前屋後叫個不停。可是，青女的臉上再看不到往日的笑容，她整天心事重重，夷的身影深深印在腦海中揮之不去。阿肖銜來野果，撲棱着翅膀送進她嘴裏，青女斜靠在牀上，伸出一掌把野果打落在地。阿肖生氣地嗚嗚叫，過後又親昵地湊到青女的懷裏，青女抱過牠，咧開嘴像小孩似地哭起來。

天氣漸漸變冷，父母都在忙個不停，準備過冬。

來陪青女的鳥兒減少了許多。只有阿肖每日守着青女，青女不時用手指煩躁地彈牠的羽毛。阿肖看到了青女眼裏的

不安，牠站在青女肩膀上用臉頰輕輕摩挲她的額頭，左一下，右一下。

一天，冷風呼呼吹過，青女趴在窗前，看着漫天飛舞的樹葉，不禁問道：「葉兒離開樹，開心嗎？」

葉子一片片飄到窗前，它們歡快地旋轉，好像在回答說：「是啊，多麼開心。」

青女露出許久不見的笑意。突然，耳邊傳來一個聲音：「青女，青女！」這個聲音似曾相識，讓她的心砰砰直跳。隨即掀起一陣狂風，一切又恢復了平靜。夜裏，青女夢見阿肖開口對自己說話：「青女，不是自己的東西，再美再好也不要去碰，切記！」

第二天，天氣晴好，娘出門勞作，爹爹趁着好天氣上山掰柴。到了晌午，突然興起狂風暴雨，青女家小小的茅草屋像隨時要被風雨颳走。她惦記出門的爹娘，嚇得趴在窗口大喊「爹——娘——」阿肖用臉頰摩挲她的額頭，左一下，右一下，然後用一雙機靈的眼睛看着她，青女讀懂了阿肖的話，阿肖這是在告訴她：「別擔心，我這就去看他們回來了沒有。」青女用手拍了牠三下，意思是注意保護家人。阿肖點點頭，嘴裏發出「鴉鴉」的叫聲飛出窗子，冒着風雨朝遠處飛去。

阿肖一走，青女心裏更加害怕，她縮在屋角，不知道怎地一陣眩暈，昏迷過去。等她醒過來，發現外面的風雨已經止住了，但天空烏雲密佈，漆黑一片，比夜還要黑暗。

爹娘和阿肖都不見回來。

一束微微的亮光從視窗射進來，青女看見屋子中央朦朦朧朧出現了一個銀光閃閃的箱子。她爬起來看個究竟——那是一個她從未見過的玲瓏剔透的箱子，光潔如鏡的箱面映出青女瘦弱的小臉。她伸出手想打開看看，腦海裏突然想起昨晚夢中阿肖的話——青女，不是自己的東西，再美再好也不要去碰，切記！

她想，這箱子算是我自己的嗎？不算。我能碰吧？不能。阿肖……阿肖是我的好夥伴，但牠只是一隻鳥，夢裏牠說的什麼意思呢？阿肖不在……可即使牠不在，勇猛機靈的牠能夠驅趕猛獸和妖魔，牠一定會來救我的。青女在心裏不停地跟另一個自己說話。她又想，碰一下也不能？不會吧……我就用指甲碰一下好了。

青女伸出一個食指，用長長的指甲觸電似的碰了一下箱子，並沒有發生什麼。

她不由舒了一口氣，說：「嗐，自己嚇自己！」說完，她又用食指尖碰了一下箱子。「好冷啊！」青女不由得縮回手說，「這麼冷的東西是什麼呢？」她忍不住用手掌摸了摸，摸過後並沒發生什麼，青女開始大膽地圍着箱子琢磨。滿腦子的疑問，使得她完全忘了夢中阿肖的警告。她摸索着打開了箱子，一陣撲鼻的香味隨之飄出，箱子裏放着一件華貴的紅袍子，袍子上繡有金色的龍鳳圖案，那柔軟光滑的布料是青女從未見過的。她拿過袍子前後翻看，愛不釋手，忍

不住把袍子套在身上，雙手不由自主地從箱子中拿起各種珠寶首飾——戴上。

　　箱蓋上還有一面鏡子，映出一個雍容華貴的青女，像一位待嫁的新娘那麼美麗。青女忍不住驚叫：「啊，原來我這麼漂亮！」她正陶醉着，又看見鏡中自己的身後出現了一張面孔，正是那張她日思夜想的英俊面孔——夷。

　　「走吧！」夷笑着對青女說。

　　這真是青女夢寐以求的一刻。

　　青女想也沒想，就任由夷牽起手，好像之前的抑鬱從沒發生，昔日的快樂無憂重新回來。至於門是怎麼打開的，青女也不知道。他們手牽手，只顧往前跑。

　　「去哪裏？」

　　「去我家。」夷歡快地回答。

　　「你家？你家在哪裏？」

　　「去了就知道，我要帶你去過榮華富貴的生活。」

　　「阿——阿肖！爹……娘……」青女掙脫手往回跑。

　　「不要……你先跟我回家，再來接他們就是了。」夷急忙拽回青女說。

　　「那……好吧！」

　　他們手牽手，像一對老朋友那樣又說又笑，穿過村莊，穿過草地，穿過樹林。天空烏雲密佈，但青女的臉上卻陽光燦爛。

　　他們來到河邊，夷拉過一艘荷葉做成篷子的小船，請青

女坐上去。一眨眼，小船竟沉到水底。青女嚇得閉眼驚叫，待她睜開眼，發現自己已經置身於富麗堂皇的水底宮殿。蝦兵蟹將排成兩排，吹吹打打迎接夷和青女的到來，場面熱鬧非凡，一派喜慶的樣子。夷拉着她的手，游到寶座上，青女看得眼花繚亂。等她坐下，回頭看見夷的下半身竟然變成了魚身，這讓她忍不住驚叫一聲，心裏有說不出的滋味：自己神往已久的意中人，原來是人魚妖怪麼？

夷湊近說：「不要怕，這裏一切都由我說了算。」青女看看他，又看看他的魚身，突然哭起來，轉身就往外逃。可是到處都是銅牆鐵壁，到處有蝦兵蟹將守門把關，怎麼也出不了宮殿。

夷游到她身後，說：「怎麼哭了呢？做我的新娘，你該高興才是。」說完，拉着她的手想回到座位。青女掙脫他的手，看着他擺動的魚尾，哭着說：「不要，你是人魚妖怪，為什麼騙我？」

「我隨時能變成人樣，看——」夷瞬間變成英俊男子，難看的魚尾不見了，「既然我們成一家人了，就沒必要變來變去，原形多舒服。」說完又變成人魚。

「我要回家，快送我回家！」青女又哭又叫。

「這裏要什麼有什麼，比你家好百倍。快別哭了，做個美麗的新娘吧。」夷勸說道。

「不要，我要回家！」

「想回也回不了了，乖乖待在這兒做我的新娘吧！」夷

牽過她的手不耐煩地說。

「不要，我不要做妖怪的新娘！」

夷一聽，惱羞成怒，命令蝦兵蟹將把她關在冷宮裏。

這一關就是一個月。

原來在山上歡快唱歌的青女，現在天天在冷宮裏哭泣。她想回家，想爹和娘，想阿肖！

阿肖，用你那雙鋒利的爪子，把騙人的夷給抓走吧，我要回家！

夷派蝦兵傳話：只要青女答應做夷的新娘，即刻便放她出來。青女啐了蝦兵一臉的唾沫，斬釘截鐵地說：「不答應，夷這個大騙子、大妖怪，把我騙來，把我關在這兒，我做鬼也饒不了他！」

夷聽到這些話，火冒三丈，他唸了一個魔咒，把青女變成了阿肖的模樣。他大聲說道：「你不是想阿肖嗎？讓你也變成阿肖，哈哈！這輩子你再也別想做回女兒身了，你已經不會說話，誰也救不了你！跟我作對的人沒有好結果。跟你的阿肖玩去吧！醜陋的人面鴞！」

說完，他命蝦兵把變成人面鴞的青女放出水面。

青女「咕嘎」一聲飛到岸邊，看到水中自己的倒影竟然跟阿肖一模一樣。她想告訴河裏的每一條魚兒，她想告訴河邊的每一株小草，她想告訴天上的每一朵白雲，她想告訴太陽……她不是真正的人面鴞，她的內心與靈魂依然是青女！可是，她發出來的聲音只有「咕嘎」的怪叫，她站在水邊，

眼淚嘩啦啦流淌下來，滴滴嗒嗒地滴到水面。水面泛起一圈一圈的波紋。細小的波紋，隨着微風蕩漾，沒有驚動一魚一蝦、一草一木。

化為人面鴞的青女飛到家中，家裏空無一人。她飛到山上，看到掰柴的爹爹，她飛上去說：「爹，我終於回來了。」可是，她發出來的只有「咕嘎」的怪叫聲。爹爹哪裏會想到，這是他牽腸掛肚的小女呢！他以為只是阿肖在玩耍，便轉頭繼續掰柴。

青女見了，鼻子一酸，眼淚汩汩流出。

她好想告訴爹爹她所遭遇的不幸。可是，她沒有辦法說出所經歷的一切。

她飛到過去自己總是站在上面唱歌的那塊大石頭上，放開嗓子。她多麼想放聲唱一首《掰柴歌》，可是她只能「咕嘎、咕嘎」地發聲，她在心裏唱了一遍又一遍，曾經歡快的歌現在變成了一首悲歌，青女淚流滿面。

阿肖從遠處飛來！

青女見了，撲着翅膀朝阿肖迎去。阿肖犀利的雙眼盯着人面鴞，可是牠怎麼也不知道，眼前這隻人面鴞，正是牠尋了幾百遍，想了幾千遍，念了幾萬遍的青女！

時近黃昏，爹爹扛着捆好的柴往回走。看到身後跟着兩隻人面鴞，他又驚又喜：「咱家祖傳一隻人面鴞，現在又出現一隻，善良的人，神都會幫忙嘞。」

從上次青女摔跤遇見夷開始，爹爹就深感不安。爹爹哪

裏知道，青女偶遇的英俊男子夷，其實叫冰夷，是一位人面魚身的水神，冰夷風流瀟灑，經常迷惑誘騙貌美女子到水宮做自己的新娘。山民雖不知眾多女子失蹤詳情，但他們知道附近一定有什麼妖魔鬼怪，專喜誘拐貌美女子。

青女回到家中，看到家裏一切依舊。勞碌的母親在屋前屋後忙活，她看到兩隻人面鴞站在木門上，並不覺得驚喜，反倒認為不吉祥，她分不清誰是阿肖、誰是新飛來的那隻，只是對着兩隻人面鴞說：「你們誰是新來的？趕快飛走吧，我已經弄丟女兒了。」父親盯着兩隻人面鴞說：「老伴傻了吧，再來一隻神鳥，不好生伺候還趕牠走！」

青女看着爹和娘，急得猛搧翅膀，說：「爹，娘，我是你們的小女。」可是，爹娘沒有做出任何反應，因為他們聽到的只是「咕嘎咕嘎」聲。阿肖跟在人面鴞身旁，好奇地看着她流下眼淚。阿肖心裏想：人面鴞從不會流眼淚，這隻怎麼老是淚流滿面呢？而且發出的叫聲與鴞也不同，難道是人化身的嗎？

阿肖盯着人面鴞，突然從淚眼朦朧中看到了一絲熟悉的影子。阿肖激動地飛起來，盤旋了半天。牠似乎想到了什麼，重新落到人面鴞跟前，用臉頰輕輕摩挲她的額頭，左一下，右一下。

青女對此太熟悉了，她用翅膀代替手，在牠的翅膀上輕拍幾下。阿肖驚叫幾聲，用爪子輕撫她的腳。青女又用以往的眼神看着阿肖，這下阿肖一切都懂了：眼前這隻與自己一

模一樣的人面鴞，是青女的化身！

阿肖急切地叫着，飛着。牠在說：「是誰讓你變成這個樣子的？快帶我去找他，我咬他一口就能讓你變回原形。」

青女沒有明白牠的意思，只是激動地跟在阿肖身後。從此，他們每天都這樣，按以前的方式通過臉頰、翅膀、爪子的動作默契交流。

有一天半夜，青女用翅膀輕輕摸摸阿肖的翅膀，阿肖像以前一樣心領神會，陪她上山採野果。回巢後兩隻鳥興奮地大叫，把屋裏睡覺的人都吵醒了。爹爹跑出來，對兩隻人面鴞說：「那麼興奮，是趕跑了妖魔還是怪獸？阿肖？」

阿肖飛到爹爹肩上，想告訴他青女就在眼前。

青女飛到爹爹肩上，想告訴他青女就在眼前。

爹爹分不清哪一隻是阿肖，哪一隻是新來的，他就一個勁兒地撫摸兩隻鳥說：「真好啊，現在有兩隻神鳥，青女那丫頭見到要樂壞了。」阿肖和青女為爹爹沒懂自己的意思着急。

爹爹繼續說：「只是阿肖這幾天有新伴兒，把找女兒的事給忘了。我的女兒啊，你到底在哪裏？」說完聲音開始哽咽。門口有人擤鼻涕，那是娘聽到爹爹的話，捏着鼻子流起眼淚。

月光照在茅草屋的院子裏。爹看看娘，說：「阿肖是我們的家寶，搶不走趕不跑，只要青女那丫頭還活着，我想阿肖也許會有辦法。我的爺爺就親眼看見阿肖趕過野獸，嚇跑妖魔。我的大伯親眼看見牠不僅把妖魔變身的人給啄回原形

了，也把妖魔用魔咒變成鬼怪的人復原。」

「可是青女到底怎樣了都不知道呢。」娘又哭了起來。

青女繞在他們頭上，「咕嘎咕嘎」地叫個不停。父親的話提醒了她：應該帶阿肖去咬一口夷，好讓自己復原成人形。

於是，她用翅膀拍拍阿肖，帶着牠往南邊飛去，兩隻鳥一直飛，一直飛，飛到了河邊。青女拉着阿肖在河邊守了七天七夜，終於等到夷又帶着兩名漂亮女子坐着水車在河面遊玩。青女示意阿肖去咬他一口，自己則躲到遠處的樹叢裏。阿肖心領神會，從後面貼着水面飛過去，對着玩興正濃的夷的手腕咬了一口。夷尖叫一聲，回過頭，看到阿肖遠飛的背影。夷惱怒地看一眼，繼續玩樂。

阿肖飛到樹叢。終於，看到了遭遇一劫的青女恢復成人形。

天邊露出絢麗的彩霞，映在青女好看的雙頰上。阿肖用臉頰輕輕摩挲她的額頭，左一下，右一下。

青女看着阿肖，眼睛笑成兩輪彎彎的月亮。她在阿肖的翅膀上輕輕拍三下，邊奔邊唱：「喲呵喲呵——掰柴——」阿肖歡快地搧動雙翅，時而前時而後，盤旋在青女頭頂。

故事取材

### 《西山經·西次四經》

原文：(鳥鼠同穴之山)西南三百六十里，曰崦嵫（普：yān zī│淹滋）之山。其上多丹木，其葉如穀，其實大如瓜，赤符而黑理，食之已癉，可以禦火。其陽多龜，其陰多玉。苕水出焉，而西流注於海，其中多砥礪。有獸焉，其狀馬身而鳥翼，人面蛇尾，是好舉人，名曰孰湖。**有鳥焉，其狀如鴞而人面**，蜼（普：wèi│粵：位）身犬尾，其名自號也，見則其邑大旱。

譯文：鳥鼠同穴山西南三百六十里，是崦嵫山。山上有很多丹樹，它的葉子像構樹葉，果實有瓜那麼大，紅色果皮，黑色果肉，人吃了它可以治癒黃疸病，還可以辟火。山的南面有很多烏龜，北面盛產玉石。苕水從這裏發源，向西流入大海，水中有很多磨刀石。山中有一種獸，長着馬的身子，鳥的翅膀，人的面孔，蛇的尾巴，牠很喜歡把人抱着舉起來，這種獸的名字叫作孰湖。山中還有一種鳥，外形像貓頭鷹，卻長着人的面孔，身體像猴子，尾巴像狗，牠啼叫起來就像在呼喚自己的名字，牠在哪裏出現，哪裏就會有大旱災。

人面鴞（明·胡文煥圖本）

人面鴞是一種集人、猴、狗、鳥四形於一身的奇鳥，也是一種凶鳥，牠是大旱的徵兆。

## 《海內北經》

原文：從極之淵，深三百仞，維**冰夷**恆都焉。冰夷人面，乘兩龍。一曰：忠極之淵。

譯文：從極淵有三百仞深，只有冰夷能長久地居住在裏面。冰夷長着人的面孔，乘着兩條龍。從極淵又名忠極淵。

冰夷（明·蔣應鎬圖本）

水神冰夷，又名馮夷、無夷，即河伯。關於河伯的形貌，古籍中記載為「人面魚身」或「人面蛇身」，可見水神的原始形態應為魚蛇之類。又傳說河伯本是華陰人，服用了一種名為八石的仙藥而成仙。

## 《北山經・北次一經》

原文：（單張之山）有鳥焉，其狀如雉而文首，白翼黃足，名曰**白鵺**（普：yè｜粵：廿），食之已嗌（普：ài｜粵：隘）痛，可以已痸（普：chì｜粵：妻）。

譯文：單張山上有一種鳥，牠的樣子像野雞，頭上有花紋，長着白色的翅膀和黃色的鳥爪，牠的名字叫白鵺，人吃了牠的肉可以治癒咽喉痛，還可以治療痴呆病。

**白鵺（明·胡文煥圖本）**

白鵺的外形像野雞，頭上有花紋，長着白色的翅膀和黃色的鳥爪，人吃了牠的肉就能治癒咽喉痛，還可以治療痴呆、癲狂症。

# 紅嘴鳥

朵芸 文

又西百八十里，曰黃山。

無草木，多竹箭。盼水出焉，

西流注於赤水，其中多玉。

有鳥焉，其狀如鴞，

青羽赤喙，人舌能言，

名曰鸚䳇。

【西山經・西次一經】

　　在皋塗山以西，有一座黃山。山上沒有花草樹木，漫山遍野都是竹林。竹林深處零星散落着一些小竹屋。故事發生在其中一處竹屋群——竹二村。

　　竹二村村前溪水潺潺，周圍麋鹿蹦跳。小鳥們在竹林中來回歡叫，與竹二村村民相處融洽。其中最受村民喜愛的鳥，要數一隻紅嘴綠毛鳥，牠不僅毛色靚麗，還能模仿人的言語聲調，學誰像誰，惟妙惟肖。

　　初春的午後，太陽暖暖地照進院子，吃過午飯的村民湊在一起逗鳥玩。逗的正是那隻住在村裏的紅嘴綠毛鳥，鳥兒尖尖的紅嘴左邊有一道痕。牠在狗娃家屋後的竹子上有一個窩，在村尾竹子上也有一個窩，竹二村的男女老少都熟悉牠。此鳥愛學舌，有時半夜聽到聲音，也嘰喳着尋聲去湊熱鬧。

　　見大家圍坐在一起，紅嘴鳥飛過來，落在晾衣服的竹竿上。一個孩子抓了一把麥子，拋起一粒，紅嘴鳥伸出與人一樣的舌頭，準確靈敏地接進嘴裏。大家立刻安靜下來，滿心期待着：紅嘴鳥今天會學誰說話呢？

　　聽，牠在學蓮阿婆唱歌——

一九二九，好漢難出手。

三九二十七，簷頭倒掛壁。

四九三十六，銅車不轉軸。

五九四十五，黃狗窩裏哼。

六九五十四，烏莓生嫩刺。

七九六十三，脫掉棉衣擔上擔。

八九七十二，農夫田裏畫大字。

九九八十一，農夫田裏笑嘻嘻。

　　大家聽了笑作一團，蓮阿婆的聲調、顫音、換氣都被紅嘴鳥模仿得一模一樣，聽起來簡直就是蓮阿婆在眼前唱歌。蓮阿婆自己聽了也很驚奇，她掩着嘴，笑得眼睛眯成兩條縫。

　　孩子又丟一粒麥子，紅嘴鳥吃過後，滿嘴髒話罵開了。

　　「不行，換一個。」一位壯漢生氣地說，因為模仿的正是他，他吩咐小孩丟一粒麥子給鳥吃。

　　紅嘴鳥吃過麥子，開始表演——

　　「驢豬，驢豬。」女人的聲音。

　　「姨豬，姨豬。」小男娃牙牙學語的聲音。

　　「左邊是驢豬，右邊是驢豬。」

　　「左邊四姨豬，右邊四姨豬。」

　　「屋前是驢豬，屋後是驢豬。」

　　「屋前四姨豬，屋後四姨豬。」

「漫山遍野是驢豬。」

「漫山遍野四姨豬。」

「我們的家，就在驢豬包圍的豬林裏。」

「我們的家，就在……姨豬的包裹。」

大家一聽，都知道這是狗娃他娘在教狗娃的弟弟二狗說話，因為在竹二村，只有從外鄉嫁來的狗娃他娘才會把「綠竹」說成「驢豬」。男女老少笑得撫着肚子喊疼，狗娃他娘也笑得用手直抹眼淚，孩子們更是笑得在地上打滾。

日復一日，村民們在紅嘴鳥的學舌中開懷暢笑，也從紅嘴鳥的嘴裏了解到各家的家長里短，鄰里之間沒什麼祕密，有事互相幫忙，就像溫暖的大家庭。紅嘴鳥不僅給大家帶來歡笑，還被村民視為吉祥的禽鳥，誰家有喜事，村老大牛阿公必定帶紅嘴鳥去說祝福道喜的好話。

一天，大家又圍坐在一起聽鳥說話。吃了一粒麥子後，紅嘴鳥突然哇哇大哭起來，那哭聲，分明是模仿狗娃他娘在哭。人群裏沒見狗娃他娘，有人猜測許是狗娃爹娘夫妻吵架了吧。只聽紅嘴鳥邊哭邊說：

「哎呦呦，我的狗娃，昨晚好好的，一大早咋不見了啊……到處都找不到……他爹回來……我怎麼交代喔……該死的……到哪裏找喔……」

大家一聽，個個笑不起來，他們沒心思等紅嘴鳥表演完，都奔到狗娃家。

聽見喧嘩聲，狗娃他娘摟着二狗大叫着哭起來，說是狗

娃不見了，一副悲痛欲絕的樣子。女人們抹着眼淚，過去問長問短。從狗娃他娘嘴裏得知，今天早上一起牀，發現九歲的狗娃不見了，整個村子，山頭，竹林，全找不到人影。牛阿公神情嚴肅地說：「莫不是被馬腹吃了？」大家一聽，個個面露懼色，狗娃他娘更是哭得撕心裂肺。村子裏年齡大的人都知道吃小孩的馬腹，馬腹的樣子很奇怪，但從來沒有誰見過馬腹到底怎樣吃人。

　　勇猛的壯年人提出要進山尋找狗娃，他們推測狗娃也許是出去玩耍時迷路走丟了。牛阿公說：「要找也得悄悄行動，先別聲勢浩大地到處嚷嚷，以免打草驚蛇。」狗娃他娘聽了，什麼也說不出，只顧着痛哭流涕。牛阿公如此這般對大家細說一番，讓男人們分頭尋找，女人小孩全守在狗娃他娘屋裏，一來安撫狗娃他娘，二來大家在一起可以壯膽，能更好地保護各家的孩子，以防萬一。

　　男人們有的扛竹標槍，有的拿刀，悄無聲息地分頭進山尋找。狗娃家裏甚是熱鬧，孩子們待了一會兒便忘了恐懼，走到院子裏打鬧嬉戲。幾個母親吆喝着拽孩子們進屋，她們生怕下一個丟失的是自己的孩子。狗娃他娘一反以往的熱情，對大家不聞不問，只顧緊緊摟着她五歲的二兒子二狗，嘴裏不知道在嘀咕什麼。女人們露出同情的表情，不知道怎麼安慰她才好。

　　出去的男人都不見回來，外面天色漸暗，風吹過寂靜的竹林，發出「嗚嗚」聲，像餓狼在夜裏吼叫。女人們在屋裏

等得不耐煩，忐忑的心越來越不安，她們不敢回自己家，便在狗娃家煮飯，狗娃他娘火速站起身阻止，不讓鄰居動手，自己摸索好久，沒找到米缸，邊哭邊說：「記性都沒了。」好在二狗機靈，告訴娘米缸的位置，才煮了飯。

半夜三更，男人們才陸續趕回來，他們沒有帶來狗娃的任何消息。這讓村民們更傾向於牛阿公的猜測——狗娃被馬腹吃了。

馬腹長着人的面孔、老虎的身子，吼叫的聲音如嬰兒啼哭，能吃人，傳說遇火即刻化成水。牛阿公小時候經常聽說馬腹吃小孩的事情，身邊也有小孩被馬腹吃過。雖然沒有親眼看見，但也聽說過黃山有一個小孩失蹤的消息，他便斷定，此處沒有其他妖怪，不是馬腹吃人還是什麼呢？

大家安慰了狗娃他娘一陣，便拽着孩子回到各自的家。每家人都把大門緊緊關上，每個母親都緊緊摟着孩子，不敢睡得太沉。

漫長的一夜終於熬過去，當太陽光從竹葉縫隙漏進來時，疲倦的人們才睡醒過來。小鳥歡快的鳴叫聲，讓緊張了一天一夜的人們放鬆下來。孩子們抓着麥粒又開始逗紅嘴鳥玩樂。

紅嘴鳥吃過一粒麥子後，哈哈大笑，然後又開始竊笑。這笑聲，一聽就是狗娃他娘的，莫不是她過度悲痛精神失常了？接着，紅嘴鳥開始模仿狗娃娘和二狗說話——

「娘，你咋不睡？在吃什麼？我也要吃！」二狗問。

「乖娃，快睡，娘啃啃麥粒，看還要不要晾曬。」

「二狗也要啃麥粒。」

「不行，生的麥粒不能吃，娘也沒吃，只是看看潮不潮。」

「娘，哥不在，你也不教我唱歌了，我想哥。」

「乖娃，明天我們再一起到山裏去找哥，快睡。」

「娘……」

紅嘴鳥又學狗娃他娘笑起來。蓮阿婆聽了鼻子一酸，眼淚滾滾流出來：「唉，狗娃他娘要傷心一輩子了……」於是便叫上幾個女人過去看看她。蓮阿婆自己帶了一隻雞，有的女人捧了一些野果，有的帶上獵來的羊肉，嘰嘰喳喳地走到狗娃家。狗娃的娘坐在大門口不肯讓眾人進屋，她輕輕地說：「還帶雞和羊肉來，真是……怪不好意思的。」她的眼裏掠過一絲亮光，然後便不再言語，一直低頭抽泣。

蓮阿婆和女人們便蹲在大門口陪着說話。

牛阿公聽了紅嘴鳥的學舌，覺得有點蹊蹺——都開春了，狗娃家的麥粒年前早已曬乾入倉，怎麼還要晾曬？他拉上幾個青壯年，吩咐他們搬來麥稈，在屋子外搭起一個堡壘。牛阿公拎着一個羊腿進屋去，他回頭與狗娃他娘說：「你可別光顧着傷心，要照顧好自己和二狗，把羊腿烤了給你們母子補身體吧。」狗娃他娘盯着羊腿，嘴裏「嘖嘖」吸着口水。牛阿公見到這幅情景，有點疑心這女人不是狗娃他娘。正猜測着，牛阿公看到女人胸前衣服上的血跡，內心一

驚。他迅速掃視了一下臥牀，發現墊牀的麥稈和被子都血跡斑斑！他倒吸了一口涼氣，又看見女人抱着二狗的那雙手，每個指甲裏都沾了血漬。牛阿公回想起紅嘴鳥學狗娃娘與二狗的對話，認定這女人準是妖怪馬腹的化身，狗娃一定是被她吃了，狗娃他娘也被她吃了。他退出屋子，牽過二狗的手，嘴裏說帶他去找狗娃。出來後，暗暗命令大家守住門和窗，不要讓狗娃的娘出去。

機不可失，他要把這個化為狗娃娘的妖怪燒死。

狗娃他娘突然站起來，直往竹林裏奔去。她的屁股後，露出一根老虎尾巴。

「快逮住她！」牛阿公命令幾位壯年用繩子去捆住逃跑的「狗娃他娘」，幾個壯漢抓住她就要捆綁。

進山砍竹好幾天的狗娃他爹偏偏此時趕了回來，看見大伙兒在欺負自己「媳婦」，異常憤怒。他舉起竹竿朝幾位青壯年亂敲亂打，男人們沒有提防，被打得唉喲亂叫，手一鬆，「狗娃他娘」趁機逃脫，飛也似的往遠處跑。

「他爹，你回來啦，他們這是想害死我們哪。」「狗娃他娘」在遠處大聲喊叫道。

紅嘴鳥聽到喧嘩，從竹樹上飛過來，學舌道：「他爹，你回來啦，他們這是想害死我們哪……他們這是想害死我們哪……想害死我們哪……」

牛阿公吃喝着對狗娃他爹說：「那個不是你媳婦，你看她尾巴都露出來了，她是馬腹化身的，你的媳婦和狗娃都被

她吃掉了，還不快追！」

紅嘴鳥也跟着學：「那個不是你媳婦，你看她尾巴都露出來了，她是馬腹化身的，你的媳婦和狗娃都被她吃掉了，還不快追！還不快追！」

「狗娃他娘」哭着大叫：「我是狗娃他娘，他爹，快救我！」

紅嘴鳥跟着學：「我是狗娃他娘，他爹，快救我！」

狗娃他爹一聽，無法辨別真假。他抱着二狗問：「娘和哥呢？」「哥好幾天不見了，娘在那兒。」二狗指着逃走的「狗娃他娘」的背影說。

牛阿公扛着麥稈邊追邊叫：「貪吃馬腹，害人精，你吃掉了狗娃和他娘，還想再害人嗎？」

紅嘴鳥學着說話：「貪吃馬腹，害人精，你吃掉了狗娃和他娘，還想再害人嗎？」

紅嘴鳥盤旋在上空，不斷地模仿着說：「貪吃馬腹，害人精，你吃掉了狗娃和他娘，還想再害人嗎？」山上其他小鳥聽到喧嘩，也唧唧啾啾飛來湊熱鬧。

男女老少都在大叫：「不得了，馬腹吃人啦，別讓牠逃走，快抓馬腹，快抓馬腹！」

紅嘴鳥跟着學舌：「不得了，馬腹吃人啦，別讓牠逃走，快抓馬腹，快抓馬腹！」

「快抓馬腹，快抓馬腹！」分不清是人在叫還是紅嘴鳥在喊，抓馬腹的聲音在村莊裏迴蕩。喊叫聲一傳開，不僅是

竹二村，連其他村子的人也都扛着竹標槍紛紛跑來。紅嘴鳥的模仿聲夾雜着人們的喧嘩，在方圓幾十里傳得沸沸揚揚。

「狗娃他娘」跑得飛快，幾位青壯年從地上爬起來追上去。狗娃他爹前看看，後看看，人聲鳥聲弄得他神情恍惚，一下子倒在地上昏迷過去。二狗跑過來喊着「爹——爹——」，趴在他爹肚子上哭起來。

竹二村的女人們走進狗娃的家，看到牀上的血跡和藏在麥稈下的骨頭，嚇得面如土色，大叫着跑出來，她們此刻才明白這兩天的「狗娃他娘」是妖怪的化身。

蓮阿婆端來一盆冷水，直往狗娃他爹臉上潑去，狗娃他爹立即清醒過來，他抹抹臉，扛着竹標槍加入男人們的隊伍，奮力直追「狗娃他娘」。眾人尾隨了半天，一直追到竹山深處。「狗娃他娘」怪叫一聲，頓時，從山洞裏爬出一隻雄馬腹，牠朝「狗娃他娘」奔來，伸出舌頭舔舐「狗娃他娘」的臉。瞬間，「狗娃他娘」立刻變成一隻雌馬腹。狗娃他爹見了，大驚失色。他把竹標槍朝馬腹擲去，沒擊中。有人試圖用繩索套住雌馬腹的脖子，雄馬腹用爪子把他踢翻在地。狗娃他爹發現洞口有一個髮簪，他認出那是狗娃他娘的髮簪。狗娃他娘真的被眼前的馬腹吃了，他的狗娃也被馬腹吃了！想到這兒，狗娃他爹淚流滿面，恨得咬牙切齒，大聲悲喊：「他娘，狗娃，我給你們報仇來了！」

飛來的紅嘴鳥也跟着學舌：「他娘，狗娃，我給你們報仇來了！」

狗娃他爹從後面爬到雌馬腹背上，面露青筋，死死鉗住牠的脖子不放。其他人協助着用竹標槍投擲，設法逮住兩隻馬腹。兩隻馬腹這幾天吃了人，精力旺盛，勇猛無比，不消片刻便把所有男人舉起拋到遠處一堆麥垛上，麥垛隨着人倒下，幾個壯漢被掩埋在麥稈堆裏不得動彈。

牛阿公大叫一聲：「點火！」他取出火種，點燃麥稈。

紅嘴鳥跟着學舌：「點火！點火！點火！」所有人聽見喊聲，都拾起一把麥稈點燃。於是，每人拿着火把，把兩隻馬腹圍成一圈。

兩隻馬腹頭暈腿軟，頃刻化成一潭污水。

此時洞內傳出「嗯嗯啊啊」的叫聲，牛阿公帶着大伙進去查探，發現傷痕累累的狗娃他娘和狗娃被綁在洞內，嘴裏塞滿了稻草。壯漢幫忙解開繩子，狗娃母子抱着狗娃他爹哇哇大哭。狗娃他爹又笑又哭，嘴裏大口大口喘氣，高興得說不出一句話。

原來，雌雄兩隻馬腹趁狗娃他娘鋤地時，逮住了她。狗娃他娘激烈反抗，她舉起鋤頭砍向雌馬腹的脖子，雌馬腹頓時鮮血直流。雄馬腹用舌頭按住雌馬腹的傷口止住血後，雌馬腹變成了狗娃他娘的模樣。狗娃他娘一見，又叫又踢，兩個一模一樣的女人互相撕扯。

狗娃他娘剛才抓破了雌馬腹的脖子，雌馬腹變成人的樣子後，剛才的新傷口依然存在，正被狗娃他娘抓得血糊糊一片。雌馬腹疼得張牙舞爪，把狗娃他娘抓得遍體鱗傷。血

漬沾滿了雌馬腹的十個指甲。狗娃他娘終究鬥不過兩隻身強力壯的馬腹，髮簪被打落，披頭散髮地被關在洞裏。雌馬腹捂着傷口，住在狗娃家，弄得牀上血漬斑斑。第二天變成狗娃娘的雌馬腹順利騙走了狗娃，把他與狗娃的娘一起關在洞裏，牠打算產下馬腹幼崽時吃掉狗娃母子，沒想到被紅嘴鳥給泄了密。

此次事件以後，村民更是把紅嘴鳥視為吉祥物，還把牠視為珍寶，當做神鳥一樣尊重愛護。

後來，不知道什麼原因，紅嘴鳥的後代飛出黃山竹林，飛到了遠方。

今天的鸚鵡，也許就是紅嘴鳥的後代吧。

故事取材

## 《西山經·西次一經》

原文：（皋塗之山）又西百八十里，曰黃山。無草木，多竹箭。盼水出焉，西流注於赤水，其中多玉。有獸焉，其狀如牛而蒼黑，大目，其名曰𤝻（普：mǐn｜粤：敏）。有鳥焉，其狀如鴞，青羽赤喙，人舌能言，名曰<u>鸚鵡</u>。

譯文：皋塗山再往西一百八十里，是黃山。山上沒有草木，有很多竹子。盼水發源於此，向西匯入赤水，水中盛產玉石。山中有一種野獸，牠的樣子像牛，皮毛是深黑色的，眼睛很大，名字叫𤝻。山中還有一種鳥，牠的外形像貓頭鷹，卻長着青色的羽毛和紅色的鳥喙，有像人一樣的舌頭，會學人說話，名叫鸚鵡。

### 鸚鵡（清·《禽虫典》）

鸚鵡即鸚鵡，是一種會說話的靈鳥。傳說中鸚鵡的舌頭像嬰兒舌一樣，鳥爪中分，前後各兩隻腳趾。

## 《中山經·中次二經》

原文：（蔓渠之山）有獸焉，其名曰**馬腹**，其狀如人面虎身，其音如嬰兒，是食人。

譯文：蔓渠山上有一種怪獸，牠的名字叫馬腹，牠長着人的面孔和老虎的身體，牠發出的聲音像嬰兒啼哭，這種怪獸會吃人。

**馬腹（明·胡文煥圖本）**

馬腹是人面虎，也是一種食人怪獸。馬腹又名馬虎、馬腸。除了《山海經》，古代筆記小說中還有許多關於人面虎的記載，雖然這些記載與《山海經》所述略有差異，但傳說中的人面虎都會吃人，且叫聲像嬰兒啼哭。

## 《中山經·中次八經》

原文：（驕山）又東北百二十里，曰女几之山。其上多玉，其下多黃金。其獸多豹、虎，多閭、麋、麖、**麂**，其鳥多白鷮、多翟，多鴆。

譯文：驕山再往東北一百二十里，是女几山。山上盛產玉石，山下盛產黃金。山中的猛獸大多是豹子、老虎，還有很多山驢、麋鹿、麖、麂，山中的鳥類大多是白鷮、山雞，有很多鴆鳥。

**麂鹿（清・汪紱圖本）**

　麂鹿屬麋鹿類，體型較小，擅長跳躍。雄麂鹿的頭上長有短角。麂鹿的皮極其細膩，在古代，用麂鹿皮製成的皮靴非常珍貴。

# 幺幺和九姑

肖燕 文

又西八十里，曰小華之山。

其木多荊、杞，

其獸多牸牛，其陰多磬石，

其陽多㻬琈之玉，

鳥多赤鷩，可以禦火。

【西山經・西次一經】

　　幺幺和九姑在符禺山上生活。九姑用文莖樹和牡荊樹的枝條搭了一個小屋，在屋外鋪了很多像山葵菜的條草。一到春天，小屋就變得紅紅綠綠的；到了秋天，小屋又變成黃黃綠綠的了。最讓幺幺着迷的是杜衡草，遠遠地就能聞到它的氣味，走近了，那氣味又若有若無。

　　山上的村民多採摘野果，也捕食山雞野豬之類。村民們說幺幺是神鳥，他們常把摘得的果子分給幺幺。幺幺不知道自己其實是赤鷩[①]精。鶡渠[②]、布穀和白翰們就不像村民們那樣對待幺幺了。幺幺望着自己在湖裏的影子想，這是因為牠們嫉妒自己太漂亮了。村東頭的小丫姑娘很喜歡幺幺，幺幺也喜歡小丫。幺幺會說話，只有九姑能懂，小丫聽不懂。幺幺覺得在別的什麼地方或許還會有赤鷩的，那些赤鷩應該都和自己是一樣的。幺幺很想找到另一隻赤鷩。

　　幺幺早上去湖邊梳洗打扮的時候，四腳人魚精吃飽喝足，閒得發慌，從水裏爬上岸，對在湖邊照「鏡子」的幺幺

---

① 赤鷩（普：bì| 粵：憋）：一種毛色豔麗的鳥，據說這種鳥非常自戀，喜歡看自己水中的倒影。

② 鶡（普：tóng| 粵：童）渠：一種黑色的鳥，外形像山雞。

幺幺和九姑

嚼起了舌根：「我說幺幺，你這麼美，九姑那麼醜，你就沒想過……」牠的聲音像嬰兒的啼哭，很輕，卻能清清楚楚地鑽進幺幺耳朵裏。

幺幺生氣了，牠不允許任何人說九姑的壞話，轉過身就要飛走。

「哎，別飛啊！」四腳人魚精喊，「其實，你是九姑撿來的蛋，你還是九姑孵出來的。不信，你去問九姑呀！」

幺幺不想再理四腳人魚精，牠狠狠瞪了四腳人魚精一眼，就飛走了。

回到家，幺幺問九姑：「我是九姑撿回來的一隻蛋？我是九姑孵出來的？」

九姑愣了一下，然後點點頭。

幺幺趁九姑忙活的時候又問：「九姑認得出赤鷩的蛋？」

九姑脫口說：「那當然，看一眼就知道了。」說完，九姑又很快補充道：「我以前在別的地方見過赤鷩的蛋。」

「為什麼山上只有我一隻赤鷩呢？」

九姑撫摸着牠說：「因為你珍貴呀！」

幺幺沒再往下問，牠怕九姑聽了不高興。

牠知道自己不是九姑生的。

幺幺的名字是九姑取的。九姑說：「幺幺小小的，長得真漂亮啊！」她總是輕輕撫摸幺幺的羽毛。

幺幺問九姑：「九姑為什麼叫九姑呢？」

九姑說：「九姑有九條命呀！」

幺幺知道九姑是在說笑，難不成九姑是九命貓精嗎？幺幺細細端詳九姑：九姑一點也不像貓，她長得和山上的村民差不多，只是她的頭髮又多又蓬亂，灰褐色裏夾雜着少許紅色。九姑有一條暗淡的紅色尾巴，藏在粗布長裙裏，這條長尾巴是村民們沒有的。九姑的眼睛灰灰的，也不透亮，但仔細看，灰色裏面又藏着微微的藍。幺幺每天都在湖邊照「鏡子」，牠知道自己的眼睛看上去小小的，但很清亮，眼珠是深邃的寶石藍。

不管九姑長什麼樣子，幺幺跟着九姑長大，和九姑最親。幺幺相信自己是天神的孩子，九姑也是，正像九姑說的。

「天兒藍藍，水兒清清，陽光燦爛，織我彩衣……」

幺幺在湖邊邊唱邊舞，牠清亮的歌聲和柔美的舞姿引來了蔥聾③、大角鹿和鳴蟲們，連布穀鳥、喜鵲和鷦渠也飛來了。一些村民和他們的孩子也跑了過來。幺幺起勁地唱着跳着，牠高高地昂着頭，露出修長的脖頸；牠踩着曲子的節奏，歡快地跳躍。幺幺最美的是那身羽毛，在濃烈的陽光下，散發出五彩的光芒，簡直要亮瞎大家的眼睛。隨着幺幺的舞動，湖水就像散發着濃香的各色漿果汁在混合着流淌。幺幺覺得自己美極了！牠用力吸一口湖水，然後飛旋起來，尾部長長的紅羽毛呈扇形張開，口中噴出水霧，像層層疊疊

───────────────

③ 蔥聾：是神話中的一種野羊，黑腦袋，鬣毛赤色。

的紗幔，浸染在耀眼絢爛的陽光裏，顯出夢幻般令人眩暈的光芒。

幺幺舞跳得好，九姑總會誇牠，還忍不住撫摸牠漂亮的羽毛。幺幺的羽毛非常豔麗，牠的冠部和背部是金黃色的，頭部呈綠色，胸腹和長長的尾羽則是鮮紅色的。九姑每次誇幺幺好看，幺幺的舞就跳得更歡，歌也唱得更加動聽，羽毛的顏色則更加鮮豔奪目，特別是紅色的羽毛，簡直比火焰還濃豔。

幺幺知道布穀、鵃渠牠們嫉妒自己，但牠還是忍不住要唱要跳。幺幺聽四腳人魚精說，在小華山有許多赤鷩。牠想：將來有一天牠要去小華山，那裏的赤鷩一定都很美，牠會有很多朋友的。

幺幺歡快地跳着，九姑十分激動，她差一點喊出聲來，她看到了幺幺噴出的紗裙般旋轉的水霧裏有一圈火焰般的紅。她正要擁抱幺幺，卻聽到一聲低低的呵斥。她知道那個時候到了。她讓幺幺先回去。

幺幺不知道發生了什麼，牠覺得九姑很反常。牠往回飛的時候，落到湖邊的林子裏躲了起來。麻雀嘰嘰喳喳地在頭上亂叫，像要告密。幺幺看到九姑往湖邊的僻靜處走，就偷偷尾隨。

有個聲音說：「肥遺快到山上了，你要抓緊。」

肥遺是誰？那個聲音聽上去涼颼颼的，直接從湖裏泛上來。幺幺看了一眼湖面，那裏平靜得沒有一絲漣漪。幺幺再

看四周，四腳人魚精一動不動地趴在岸上曬太陽。

九姑說：「我知道了。我就怕對付不了牠。」

幺幺想：水裏說話的是誰？九姑和它之間有什麼祕密？九姑會不會有危險呀？幺幺心裏一陣發緊。

「怕什麼！你身邊不是還有隻小赤鷲嘛！剛才你也看見了，牠長本事啦！」那個聲音又說。

「我不想讓牠冒險。」九姑說。

小赤鷲，說的是我嗎？幺幺想。

「別忘了你答應過我。肥遺這次是要來放火的！到時候，整個山林都得遭殃！」那個聲音明顯地暴躁起來。

九姑神色緊張，轉身就走。九姑經過林子的時候，幺幺聽到了她的歎氣聲。

幺幺先一步飛到了家。九姑摸摸幺幺的頭，就進屋了。幺幺去四周叼了一些果子回來，裏面有九姑愛吃的百味果和草荊子。

九姑說：「幺幺多吃點，要是採不到果子了，幺幺吃什麼呀！」

幺幺用輕快的聲音說：「什麼樣的果子幺幺都能採到，九姑放心吧！」

幺幺蹲在屋頂上，牠不想打擾九姑。天色暗下來，四周漸漸地靜了。山林褪去了白天的鮮亮，變得灰矇矇的。幾隻麻雀從幺幺頭頂飛過。

幺幺想，這個時候的自己也不那麼耀眼了。

剛才湖裏的那個聲音老是在幺幺耳邊飄來蕩去的。幺幺擔心九姑，又沒法兒為九姑做點什麼。湖裏那個聲音說的「牠長本事啦」是什麼意思？幺幺想：自己整天只會照「鏡子」，愛漂亮，哪來的本事！牠恨自己沒用。

天還沒亮，幺幺就被一陣吵鬧聲驚醒。鵁鶄、白翰、烏鴉和黃雀們嘰嘰喳喳地飛來飛去。許多村民也慌張地跑出屋子，連聲呼叫：「不好了！不好了！」

幺幺發覺天氣變得很熱，牠口渴難忍。幺幺跳下屋頂，翅膀也重重的。九姑正站在屋外，緊張地望着周圍。

「九姑，出什麼事了？天這麼熱？」不等九姑開口，幺幺又喊，「九姑，我要喝水！我渴死了！」

九姑定了定神，對幺幺說：「先去湖邊。」她又看到小丫，就衝她喊：「小丫！叫大家趕緊去湖邊，快點！」

小丫一邊應着，一邊揮手叫大家跟她往湖邊跑。

不到半個時辰，大家都聚到了湖邊，解了渴的就去林子裏避暑。四腳人魚精喝足水，又含了一口爬到樹上去了。幺幺也喝足了水。乾旱使湖水蒸發了許多。

幺幺聽到小丫在喊：「肥遺來了，在西坡上，有人看見了！」

又是肥遺！幺幺想去問九姑，可牠沒看到九姑。牠想起湖裏的聲音，就往湖邊的僻靜處去。牠估計九姑又去「見」它了。

果然，九姑在那兒。九姑對着湖面說：「你放心，我會

對付肥遺的。」

「那就好。別忘了當初你掉進湖裏淹死了，是誰給你第二條命的！」湖裏的聲音像在威脅。

「我是欠你一條命，可你也別忘了你說過的話。」九姑說。

「那當然，只要你制服了肥遺，你就可以變回赤鷩了！」湖裏的聲音聽上去很煩躁。

九姑掉進湖裏淹死過？九姑原來也是赤鷩？么么想起九姑總是提醒牠小心，不要離湖水太近。

湖水突然翻騰起來，倒映在湖裏的藍天好像瞬間被砸成碎片。「熱死啦！熱死啦！」湖裏傳出一陣嚎叫。一顆碩大的毛扎扎的腦袋從水裏冒出來，像個怪物。它的軀體像根巨大的蘿蔔，渾身是灰綠色的。它不住地躍出水面，又扎進水裏，看起來很難受的樣子。它翻騰濺起的水花越來越大，幾乎要將九姑撞倒。

「九姑！」么么大叫。

九姑吃驚地問：「你怎麼在這兒？」

么么卻指着怪物問九姑：「九姑，它是誰？」

九姑猶豫了一下，說：「是湖精。」

「九姑要去和肥遺鬥？」么么着急地問。

九姑說：「你都聽到了？那你也知道九姑是誰了？」九姑正想說下去，湖精又煩躁地吼了一聲。九姑趕忙帶着么么往林子去。

　　九姑說：「肥遺是六腳四翅蛇精，牠到哪裏，哪裏就要大旱。幾年前，牠來過山上。牠以為只要利用乾旱殺死湖精，這山林就歸它了。」然後，她又說：「乾旱時，天氣很熱，很難忍，湖水蒸發得很快。但那一次，湖精還是跟肥遺鬥了很久。」

　　幺幺急着問後來怎樣。九姑說：「後來嘛，湖水越來越少，最後都蒸發了。湖精沒有了水，身體越縮越小，最後縮進了一枚小花蛤裏。肥遺也打不動了，看到面前只剩下一攤水，以為湖精死了，就先回老家去了。牠還威脅說，等牠恢復了精力再來，這座山就是牠的了。」

　　九姑接着說：「湖精並沒有死。肥遺走了以後，湖水慢慢地漲起來，湖精也變回原來的樣子，山林又有了活氣。」

　　幺幺又問九姑：「那麼肥遺這一次來，就是非要殺死湖精吧？」

　　「是啊，幸好湖精沒死。要不然湖水就乾了，大家還怎麼活命呀！」九姑舒了一口氣，接着說，「肥遺後來知道湖精沒死，所以這次來，不光打算靠乾旱來和湖精、村民們鬥，還要放火燒死湖精。」

　　「那為什麼要讓九姑去和肥遺鬥呢？」幺幺問。

　　「因為赤鷩的羽毛可以辟火。可是……我這個樣子別說飛了，連一根羽毛都沒有。」九姑又說，「我鬥不垮肥遺，就變不回赤鷩；變不回赤鷩，怎麼去和肥遺鬥！」九姑歎着氣，摸了一下自己的尾巴。

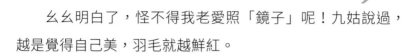

　　幺幺明白了，怪不得我老愛照「鏡子」呢！九姑說過，越是覺得自己美，羽毛就越鮮紅。

　　「讓我去吧！」

　　九姑連連搖頭，說：「不行！這很危險。」她望向天空，說：「將來我還要帶你回小華山去。」

　　「九姑……」幺幺想說服九姑。

　　「肥遺來啦！肥遺來啦！」很多人邊叫邊往這邊跑。

　　九姑趕緊叮囑幺幺躲到林子裏去，千萬別出來。不等幺幺答應，她就往大家來的方向去，她要去找肥遺。

　　幺幺只好先飛去林子裏。牠看到小丫，就飛下來，叼住小丫的衣服往林子的方向拽。小丫明白了，她跟着幺幺進了林子。

　　「那就是肥遺！」小丫大叫，驚恐得臉色都變了。

　　幺幺也倒吸一口冷氣。肥遺身長九米，通體青紫，銀灰色的斑紋在烈日下發出瑟瑟寒光。牠走過的時候，六隻腳刨起的沙土瞬間模糊了大家的眼睛。等你好不容易睜開眼，看到的或許就是兩眼閃着陰光，讓人想起來就睡不着覺的蛇頭。牠要是再將滴着血的舌頭朝你伸一下，你就連逃跑的力氣都沒有了。

　　肥遺徑直往湖裏走。牠叫道：「湖精，出來！」

　　湖精翻滾着，朝牠喊：「我等着吶，你這條毒蛇！」

　　湖水因肥遺的到來而變得越來越少，大家都擔心湖精能不能鬥過肥遺。肥遺極力撲搧着牠的紅翅膀，像火在燃燒。

牠飛到湖精的上方，用六隻腳拼命擊打湖精的頭，試圖纏住湖精。湖精甩着毛扎扎的腦袋，身體被擠得七扭八歪。但它很快擺脫了肥遺的攻擊，快速下潛，再鉚足勁往上一躍，用頭撞向肥遺的七寸。肥遺大叫一聲，身體一歪，跌到水裏。大家正要歡呼，肥遺又突然從水裏竄出來。肥遺趁湖精體力不支，猛地撲過去，死死纏住它。湖精喘着粗氣，被肥遺拖上岸，身形也縮小了許多。

大家都驚慌不已——要是湖精被肥遺殺死，山林也完了。

「肥遺，你放了湖精！」九姑衝肥遺大喊。

「哪來的村姑，竟敢命令我！」肥遺還是用身體死死地勒着湖精。

「如果不用乾旱，你根本打不過湖精。」九姑說。

肥遺朝九姑伸出舌頭，舌頭就像一根細長的劍那樣刺向九姑。

「九姑！」幺幺要衝出去，被小丫死死抱住。

九姑喊：「大家快動手啊，打死肥遺，救湖精！要不山林就完了！」她抄起大樹枝，使勁朝肥遺打去。村民們，還有蝹渠、白翰們，都紛紛把石塊、泥土使勁扔向肥遺。膽大的，像九姑那樣舉起樹枝、長棍衝向肥遺。

幺幺掙脫了小丫，飛到肥遺上方，使勁啄肥遺的眼睛。肥遺惱羞成怒，猛地將幺幺搧到地上。

「幺幺！」九姑撲過來護住幺幺。小丫想要抱走幺幺。肥遺放開湖精，緊緊纏住九姑，再用力一甩，把九姑拋到遠

處。眼看幺幺要被肥遺抓住，湖精使出全身最後的氣力，朝肥遺撞去。肥遺沒防備，被撞倒在地。湖精也跌到地上爬不起來，它的身體越來越小。大家也都又熱又渴，渾身癱軟。

肥遺緩過勁來，牠瞪着四周，發出陰森可怕的聲音，像是要把大家都吃掉。牠沒有去抓幺幺，而是掉轉頭，狠狠地踩住湖精：「幾年前沒弄死你，今天你別想溜！這山林是我的！」牠用翅膀狠命抽打湖精。

湖精痛得哇哇亂叫。

肥遺說：「這次我要把湖精燒死，看你們誰能救得了它！」然後，牠又搧一下湖精的腦袋，說：「去死吧！我才是符禺山的主人！」牠仰頭朝天，張開大嘴，像是要拼命吸取太陽的熱力，嘴裏唸着咒語。然後，牠吼出了一團火焰。

火勢越來越猛，燒到了湖精身上。湖精大叫：「九姑救我！」

九姑扯去長裙，露出了暗淡的灰紅色尾巴。她想飛，卻根本飛不動。她只得圍着肥遺轉，想用尾巴去撲滅火焰。肥遺一腳踢開了她。幺幺不顧一切地衝了過去。牠要救九姑。牠吃力地飛到九姑身邊，拼命呼喚九姑。

肥遺勒着湖精，冷笑着說：「你們活不了多久嘍！」

湖精在火中慘叫。九姑爬起來就往火裏衝，大火又將她推了出來。幺幺想起了九姑說過的話，向着火飛去，但牠不知道怎樣才能辟火。幺幺笨拙地在火上飛來飛去，不知如何是好。

　　九姑衝幺幺喊：「幺幺，繞着火飛！幺幺的舞最好看！」

　　幺幺懂了，牠趕緊按九姑說的做。牠一圈一圈地盤旋，像彩虹般劃過。牠金色的翅膀竟然將火勢收攏了！九姑看到幺幺的羽毛越來越豔，比火焰還要鮮紅。

　　九姑又喊：「幺幺，你太美了，你是最美的赤鷩！」

　　幺幺感覺自己突然充滿了力量，牠長長的紅羽毛像鞭子一樣抽打大火。火裏傳出肥遺的慘叫，火燒到了牠自己。肥遺拼命扭動身體的時候，湖精掙脫了出來。湖精的毛髮全被燒沒了，禿禿地落進湖裏。幺幺也疲倦得快要墜下來。

　　肥遺渾身是火，開始到處亂竄，罵道：「你這個小妖精，想燒死我，看我不弄死你！」牠不停地打滾，要往湖裏跑。

　　大家的心都提到了嗓子眼。肥遺一到水裏就會緩過來，後果不堪設想。九姑喊：「不能讓肥遺跑進水裏！大家快打呀！」大家又使出最後一點力氣朝牠扔石塊、沙土，還有人搖搖晃晃地衝上去抽牠。九姑不顧一切地撲到肥遺身上，想要掐住肥遺的七寸。肥遺一閃身，火燒到了九姑身上。幺幺想救九姑，但看見肥遺快跑進湖裏了，只能豁出命飛到肥遺上方。

　　四腳人魚精突然飛到幺幺身邊，將牠含着的水注進幺幺嘴裏。旋轉中，幺幺的身邊出現了一層輕紗般的水霧。水霧裏現出一圈紅光，越來越紅，越來越寬，最後，整個水霧變得通紅，將肥遺罩得嚴嚴實實。肥遺在水霧裏扭動掙扎，就

是逃不出來。慘叫聲刺破水霧，令人心驚。後來牠的叫聲漸漸變成了呻吟，再後來就聽不到了。肥遺死了。

么么身上的火滅了，但她再也沒有醒來。么么久久地陪伴在九姑身邊。最後，村民們幫助么么埋葬了九姑。

肥遺不會再來禍害山林了，可九姑也不在了。么么要去小華山，想到不能和九姑一起走，么么非常難過和失落。牠來到湖邊，想問湖精：九姑能變回赤鷩的，是嗎？

湖面很平靜。

么么還想問：九姑知道我要去小華山，對吧？

湖裏傳出很粗的咳嗽聲，然後又平靜了。四腳人魚精從水裏探了一下頭，沒說什麼。

么么往東飛的時候，在小丫的頭頂上轉了三圈。

小華山上有很多赤鷩。只要有誰停在么么身邊，么么都會叫一聲：「九姑！」可從來沒有誰回應牠。么么想，九姑有九條命呢！九姑只是忘記了前塵往事。忘記就忘記吧，九姑只要知道她自己是美麗的赤鷩就足夠了。

故事取材

## 《西山經·西次一經》

原文：（太華之山）又西八十里，曰小華之山。其木多荊、杞，其獸多㸲牛，其陰多磬石，其陽多㻬琈之玉，鳥多**赤鷩**，可以禦火。

譯文：太華山再往西八十里，是小華山。山上的樹木以牡荊和枸杞為主，山中的野獸多是㸲牛，山的北面盛產磬石，山的南面盛產㻬琈玉，山中的鳥多是赤鷩，這種鳥可以辟火。

### 赤鷩（清·汪紱圖本）

赤鷩是山雞的一種，又名錦雞。赤鷩毛色鮮豔，冠背金黃，頭綠，胸尾赤紅。據說這種鳥因為豔麗，所以性格非常自戀，喜歡整天在岸邊看自己水中的倒影。

## 《西山經·西次一經》

原文：（松果之山）有鳥焉，其名曰鷝（普：tóng｜粵：童）渠，其狀如山雞，黑身赤足，可以已曝（普：bó｜粵：泡）。

譯文：松果山上有一種鳥，牠的名字叫鷝渠，外形像山雞，長着黑色的身子和紅色的爪子，可以治療皮膚皺皴。

**鷝渠（明·蔣應鎬圖本）**

鷝渠的樣子像山雞，毛黑足赤，能治療皮膚皺皴，也是一種可以避災殃的奇鳥。

## 《北山經·北次三經》

原文：（龍侯之山）其中多人魚，其狀如鯑（鯢）魚，四足，其音如嬰兒，食之無痴疾。

譯文：龍侯山上有很多人魚，牠的形狀像鯢魚，卻長了四隻腳，牠發出的聲音像嬰兒啼哭，人吃了牠的肉就不會患上瘋癲病。

**人魚（明·胡文煥圖本）**

人魚即鯢魚，牠長有四隻腳，叫聲如同小孩啼哭，所以俗稱為娃娃魚。人魚用腳走路，讓人覺得很神奇。在遠古時代，人魚可能是某些人類部族崇拜的動物，在一些考古出土的陶器上都畫有人魚圖案。

## 《西山經·西次一經》

原文：（太華之山）有蛇焉，名曰肥（遺），六足四翼，見則天下大旱。

譯文：太華山上有一種蛇，名叫肥遺，牠長着六隻腳和四隻翅膀，一旦出現就會天下大旱。

**肥遺（明·蔣應鎬圖本）**

肥遺是一種災蛇，六足四翼，是乾旱的徵兆。傳說商湯曾經在陽山下看到過牠，結果商朝乾旱了七年。古人常說「商湯賢德，亦不免七年之旱」即緣於此。

# 太平鳥鳳皇

程逸汝 文

有鳥焉，其狀如雞，

五采而文，名曰鳳皇。

首文曰德，翼文曰義，背文曰禮，

膺文曰仁，腹文曰信。

是鳥也，飲食自然，自歌自舞，

見則天下安寧。

【南山經・南次三經】

　　巍峨的天帝山遠離酋長老巴爹的部落五十五里，部落的居民從沒見過天帝，但他們一抬頭就能望到山頂上被稱作「天帝」的巨石。這巨石方方正正，頂上長着幾棵細小的棕櫚樹，好像「天帝」的髮辮。巨石上半部分有兩條狹長的裂縫，好像天帝的眼睛。多少年來，酋長老巴爹一次次面對天帝山下跪朝拜，厚厚的嘴唇接二連三地唸叨着：「天帝，天帝，保佑部落居民平安……」他還總說昨夜夢見了天帝，天帝方方正正的臉龐，魁梧結實的身體，跟眼前的這座大山幾乎一模一樣。

　　老巴爹部落的居民不多，有六戶人家，二十來個大人小孩。大家居住在山坡上的石洞裏，吃的是野果，偶爾捕捉到十幾隻野兔，掛在柴火上烤。這時，老巴爹笑容可掬，大聲呼喊：「烤熟了，開葷了，嚐鮮了！」這一喊，部落的男女老幼紛紛匯聚，歡蹦亂跳，一起開葷嚐鮮。開葷嚐鮮前先是肅穆站立，接着向天帝朝拜，然後，群情亢奮，捶胸蹬腳，狂喊亂叫，最後才將一塊塊野兔肉嚼入肚中。

　　老巴爹扯下一片棕櫚葉，擦擦嘴巴，說：「吃了野兔肉，要牢牢記住天帝的大恩啊！要不是天帝派來太平鳥鳳皇，日子就會不太平囉！」

　　人們都以為老巴爹講的太平鳥鳳皇只是一個傳說，或者

是一個比方。大家並未真正見到過。可是，有一天出了一件怪事。那天清晨，天剛矇矇亮，村口來了一位醜婆。她長着一張倒葫蘆般的醜臉，一對歪斜的眼睛，齜牙咧嘴，佝僂着脊背，乾癟的手握着一根柺杖，步履蹣跚地進了部落。一個男孩見了醜婆，嚇得哇哇大叫：「醜醜醜，醜死了！」一頭撞在走來的老巴爹的懷裏。老巴爹抬頭望見了醜婆，醜婆朝老巴爹眉開眼笑，嘴裏發出「啊啊……啊」的聲音，原來她是個啞巴。

「啊……啊啊！」啞巴醜婆的喊聲越來越響，驚動了部落的居民，大家探頭、瞪眼、好奇，紛紛從洞穴裏緩步出來，不一會兒，將醜婆團團圍住。

「啊……啊……啊啊！」醜婆的喊聲清脆嘹亮，好像在歌唱：「禮義仁信，天下太平！禮義仁信，天下太平……」

老巴爹驚呆了——多年前，他曾經聽到過這樣的歌聲，這不是神鳥鳳皇的歌聲嗎？如今怎麼會從醜婆的嘴裏發出？難道……老巴爹還沒來得及想下去，只見醜婆舉起柺杖在空中畫符。空中升起一縷藍煙，藍煙飄飄忽忽，漸漸地，那藍煙組成了一個「禮」字。老巴爹和村民們都不識字，村裏有一位主持山神祭禮的老者，他捻着一束長鬚，慢悠悠地說：「這是『禮』字。其意是人與人之間要有相互的尊重。」醜婆的柺杖又在空中畫符，空中升起一縷白煙，白煙跳上跳下，漸漸地，好像變成了一個「義」字。老巴爹望着「義」字，「義」字就像一根樹杈。老者說：「這是『義』字。義

者，就是主持正義，見義勇為。義是正義之氣。」醜婆的柺杖又在空中畫符，空中升起一縷紅煙，紅煙前俯後仰，漸漸地，好像變成一個「仁」字，老巴爹彷彿看到兩個人相伴在一起。老者說：「這是『仁』字。仁者愛人，人人相親相愛才為仁。」醜婆的柺杖又在空中畫符，空中升起一縷紫煙，紫煙左右旋轉，漸漸地，好像變成一個「信」字。老巴爹彷彿看到一個人正在對另一個人說話。老者說：「這是『信』字，就是講人要誠實，要守信用。」醜婆的柺杖最後在空中畫符，空中升起一縷黃煙，黃煙穩如泰山，漸漸地，好像變成一個「德」字，老巴爹彷彿看到兩個人肩並肩一起走。老者說：「這是『德』字。德者，品德也。品德高尚是做人的追求。」

醜婆的柺杖在空中不停地畫圈，圈圈越畫越大，「禮」「義」「仁」「信」「德」五個字異彩奪目，越變越大，在空中快速歡跳，翩翩起舞……老巴爹入神地望着，望着，聽着老者的解釋，透過「禮」「義」「仁」「信」「德」望到了巍峨的天帝山，好像又望見了天帝魁梧的身形、威嚴的目光。

哦！難道醜婆是天帝派來的天使？可天使應該是最美麗的呀！

天色漸漸黯淡了，「禮」「義」「仁」「信」「德」五個字漸漸遠去，了無痕跡，醜婆微笑着向村民們揮手告別，正欲撐柺杖邁步，卻被老巴爹伸臂攔住：「天黑了，趕路危

險，萬一⋯⋯」

「啊⋯⋯啊！」醜婆耳聾，接連搖頭。

老巴爹只能打手勢，手指指點着不遠處的洞穴，意思是可以安排她住在那裏。

醜婆笑了，似乎明白了老巴爹的用意。誰知天有不測風雲，一瞬間，烏雲密佈，飛沙走石，一陣妖風將醜婆捲到空中，捲到天邊，直至無影無蹤⋯⋯這時，竟有一位美女腳踩祥雲降臨，她身披玫瑰花瓣，柳眉鳳眼，婀娜細腰。美女朝大伙莞爾一笑，隨即神情嚴肅，環視四周，兩眼略露兇光，低聲說道：「我是天帝派來的仙女，來到人間懲治妖婆，妖婆就是剛才放妖氣的醜婆，哼，啞巴醜婆！」

老巴爹呆呆地望着仙女，心想：醜婆送來的是「禮」「義」「仁」「信」「德」五個字，沒見醜婆放妖氣呀！

「你們誰都別動。」美女的目光咄咄逼人，更兇悍了，「我來驅逐妖氣，保佑大家平安無事！」

美女閉上眼，嘴唇微微翕動，突然，一股乳白色的煙霧從她嘴裏噴灑出來，像濃霧一樣發散開來，霧氣含有玫瑰花的香味。老巴爹和居民們不知不覺地呼吸着，美女卻默默地消失了。

第一天平安無事，第二天平安無事，可是，到了第三天，老巴爹發覺邪氣侵襲到部落來了，先是一個叫巴娃的男孩，清早來到湖水邊，面對鏡子般的湖水一照，大吃一驚：映現在水裏的竟是一張臃腫的怪臉，左眼像芝麻粒，右眼像

胡桃殼，滿臉的紅疙瘩，像一條條小蟲在蠕動，醜陋不堪。巴娃一回家，臉兒就針刺刀割般疼痛，他痛苦地叫喊着：「哇啊！哇啊啊！」淒厲的喊聲誰聽了都會毛骨悚然。再有一個叫巴鐵的壯漢，臃腫的臉兒像隻磨盤，又乾又硬，彷彿快要爆裂似的，他沒像巴娃那樣大聲叫喊，只是輕輕地呻吟着：「唔——哦哦……」唉！災難來了，病情萬分緊急，一定是遇上了千年難遇的邪疫。老巴爹面向天帝山撲通跪下，大聲哀求：「天帝啊！災難來了，快來救救巴娃，救救巴鐵吧！」

狂風勁吹，天帝沒有回答，卻傳來了「啊……啊啊！」的喊聲，又傳來了清脆嘹亮的歌聲：「禮義仁信，天下太平！禮義仁信，天下太平……」

歌聲越來越近，越來越響，直到醜婆站在老巴爹的面前，老巴爹驚慌失措，語無倫次：「妖婆，你……你來幹什麼？」

醜婆不再「啊啊」，只是用手指點點陪同自己前來的一隻鳥，那鳥正站在醜婆的肩膀上，鳴叫着：「瞿如——瞿如——」

老巴爹從沒見過眼前這怪異的鳥，牠的身體像鯊魚，長着白腦袋、三隻細長腳，一張和人一樣的臉，一叫起來就在呼喚自己的名字：「瞿如——瞿如——」

瞿如朝老巴爹拍拍翅膀，像在打啞語，霎時，老巴爹竟然一下心領神會：這隻白腦袋人臉三腳的怪鳥名叫瞿如，瞿

如會治癒各種怪異的疾病。

「啊！怪鳥能治怪病。救星，天帝派救星來了！」老巴爹朝着瞿如拱手行禮。

瞿如點點頭，露出和藹的笑容。老巴爹曾經聽祖輩說過，有一種鳥，牠的肉是萬靈的藥，能治百病。人不管患了什麼怪病，只要吃了牠的肉，怪病就頃刻蕩然無存，難道眼前的瞿如就是能治癒怪病的鳥嗎？

「不。」老巴爹接二連三地搖頭，「使不得，使不得！絕不能用寶貴的生命來治病。」

瞿如露出更加燦爛的笑容，笑容給老巴爹送來了春風般的舒適、溫暖，彷彿正在證實此刻站在眼前的牠就是能治癒怪病的鳥。

突然，一道閃電射向一塊巨石，霎時，迅猛撞向巨石的瞿如臉上滲出鮮血，身體直挺挺地躺在地上。

「啊！啊！」醜婆在說什麼？老巴爹看到醜婆扔下了枴杖，蹲在地上，蜷縮身體，變成了一隻鳥，身體像隻昂首的大公雞，全身上下長滿五彩閃亮的羽毛。風兒輕輕一吹，吹開頭上的羽毛，羽毛輕輕抖動，露出花紋，好像「德」的模樣；一對矯健的翅膀呼呼拍打，羽毛上下起伏，花紋跳躍，好像「義」的模樣；厚實的背部羽毛左右搖擺，凸顯花紋，好像「禮」的模樣；堅挺的胸部羽毛平整，閃爍花紋，好像「仁」的模樣；圓弧形的腹部羽毛彎曲，隱現花紋，好像「信」的模樣。老巴爹當然不識字，但他對「禮」「義」

「仁」「信」「德」五個字的樣子似曾相識，那不正是醜婆曾經用柺杖在空中畫出來的模樣嗎？

對，鳳皇，醜婆就是鳳皇的化身！

此刻，鳳皇頭上的花紋閃亮，「德」字變成一束金色的光帶，照射在瞿如的全身，瞿如平靜地躺着。鳳皇背部的花紋閃亮，「禮」變成一束藍色的光帶，照射在瞿如的雙肩，雙肩徐徐抖動。翅膀的花紋閃亮，「義」字變成一束白色的光帶，照射在瞿如的臉上，臉上血跡被抹去了。胸部的花紋閃亮，「仁」字變成了紅色的光帶，照射在瞿如的胸口，胸口微微起伏。腹部的花紋閃亮，「信」字變成了紫色的光帶，照射在瞿如的三隻腳上，三隻腳左右擺動……

「情義無價！情義無價！」老巴爹含着淚水，一下抱起瞿如，「活着，瞿如還活着，那好，好極了！」

鳳皇慈祥地望了老巴爹一眼，翅膀一搧動，好像在打啞語：「讓瞿如靜靜地躺一會兒吧！災難定會過去，太平的日子定會到來！」

老巴爹守護着瞿如，把牠當作自己的孩子，輕輕撫摸着牠的臉頰。瞿如笑了，笑得那麼純真，那麼甜蜜，那麼親切！瞿如叫了：「瞿如……瞿如……」微弱的叫聲讓老巴爹心頭湧上一股說不出的難受滋味，他真想說「孩子，我的好孩子」，他一眼看到瞿如的眼睛微微睜開，彷彿在說：「呵！像……真像，你真像我的爸爸！」

真是一波未平一波又起。忽然，遠處的石洞裏竄出巴娃

娘，一邊奔跑一邊狂喊：「巴娃，巴娃不行了，巴娃嘴裏吐白沫！巴鐵也不行了，巴鐵頭快爆裂了！」

在這節骨眼上，說什麼安慰的話都沒用呀！難道真的要瞿如獻出自己的生命，用自己的肉來拯救巴娃和巴鐵嗎？不，萬萬使不得！老巴爹痛恨自己不該有如此自私的念頭，不禁對準自己的腦瓜，狠狠地捶了一拳。

「哩哩——囉——哆！哩哩——囉——哆……」

啊！太平鳥鳳皇正在空中鳴叫着，老巴爹聽到的叫聲變成了：「禮義仁信，天下太平！禮義仁信，天下太平！」

鳳皇轉身面對着天帝山，鳴叫着，盤旋着，飛舞着，那一定是在向天帝求助，求助天帝顯靈。天帝能顯靈嗎？能，一定能！老巴爹堅信，只要鳳皇身上隱藏的「禮」「義」「仁」「信」「德」上下歡跳，彩色的羽毛龍飛鳳舞，天帝就會顯靈，災難將消失。

老巴爹驚喜地仰望着美麗、善良的鳳皇，心裏默默唸叨：「有鳳皇在，巴娃、巴鐵一定有救了。」

想鳳皇，鳳皇在，站在老巴爹身邊的鳳皇又在拍搧着翅膀，翅膀送來了喜訊：「千里馬，來來來，快快快！」

說來就來，「嗒嗒嗒嗒」，一匹身材魁梧的棗紅馬揚起尾巴，撒開四蹄，風馳電掣般狂奔過來，好英俊啊！好高大啊！好精神啊！

鳳皇拍打翅膀，棗紅馬戛然止步，沒有鳴叫，嘴裏銜着一大捆白花花的草，擺到鳳皇的跟前，這才猛蹬前蹄，仰天

長嘯：「咕——嚕嚕！」棗紅馬張大嘴巴，好像正在吐露滿心的喜悅。

一股濃烈的酸味瀰漫在空中，老巴爹一陣咳嗽，巴娃娘也一陣咳嗽，瞿如卻沒見咳嗽。這是怎麼回事呢？

瞧，鳳皇又用翅膀打啞語：「這是千里馬特地從天帝山的峽谷裏運來的神草，叫杜衡①，杜衡散發酸味，無病的人嗅了會咳嗽，患病的人嗅了不咳嗽。」鳳皇真是智慧的化身，什麼都知道的靈通神仙。

「咕——嚕嚕！」千里馬再次仰天長嘯，整個身子幾乎挺立起來，好像在說：「馬吃杜衡變成千里馬，人吃杜衡怪病能治好！」

「杜衡是神草，神草就是神奇！」老巴爹誇讚着，「棗紅馬不也是吃了神草變成了千里馬嗎？那麼……」

巴娃娘一把抱起杜衡神草，剛要朝家裏奔去，卻見鳳皇使勁拍打翅膀，翅膀搧起一股旋風，發出了緊急啞語：「剛才咳嗽過的，小心患病，快吃一根杜衡神草，預防疾病。」

老巴爹眼疾手快，馬上躍到巴娃娘面前，抽出一根杜衡神草塞進巴娃娘嘴裏，再抽出一根杜衡神草塞進自己的嘴裏，不停地嚼着。

巴娃娘進洞去了，老巴爹朝鳳皇望了一眼，心裏默默地想：鳳皇有顆仁愛的心，老是為別人着想，想得多麼主動，

---

① 杜衡：天帝山中的一種草，馬吃了就會腳力飛快，人吃了可以治癒疾病。

多麼細緻，多麼周到。老巴爹跟巴娃娘一樣，口嚼神草，心懷感恩，只是沒從嘴裏說出感恩的話來。

神草名不虛傳。過了一會兒，巴娃娘又從洞裏奔出來，一路狂喊：「太神了！太神了！」

男孩巴娃、壯漢巴鐵也一起從洞裏奔出來了，誰能想到他倆剛才還是奄奄一息的重症病人？現在，巴娃的臉紅潤潤的，巴鐵的臉黑乎乎的，又恢復成了健康的娃娃、鐵打的漢子，災難消失了，部落太平了。

「哩哩——囉——哆！」鳳皇又叫了，不過叫聲有點哽咽，彷彿在告訴老巴爹：「禮義仁信，天下太平，但部落能永遠太平嗎？」

老巴爹不由想到：杜衡神草生長艱難，不易採摘，萬一疫病再次侵襲部落，部落又會不太平了。那時，萬一杜衡神草沒有了，該怎麼辦呢？

老巴爹無奈地搖搖頭，實在想不出什麼好點子，心裏唯有對太平鳥鳳皇的感恩，他堅信，鳳皇一定會有妙計。

妙計說來就來，老巴爹看見不遠處有一隻形狀像狗又不是狗的動物，棕黑的身上綁着一樣東西，彷彿一支離弦的箭，正在快速地飛射過來。

「啊，來了，來了！」鳳皇用翅膀拍搧的啞語說話：「牠叫谿邊②，樣子像狗，其實不是狗。」

---

② 谿（普：xī 粵：溪）邊：一種像狗的奇獸，人坐臥時鋪墊牠的獸皮就不會沾染邪氣。

老巴爹不知怎麼款待新來的客人，只是連聲叫喊：「谿邊，谿邊……」

谿邊抖動着頭，似乎示意老巴爹取下綁在身上的這張棕黑的獸皮，牠「汪囉囉，汪囉囉」地叫了幾聲，不知在說什麼，還好，鳳皇搧動翅膀翻譯成啞語：「這是我爸爸身上的獸皮，牠去世後特地留給我，要我送給有疫病的部落。」

老巴爹望着鳳皇拍搧的翅膀，拿下了谿邊特地送來的這張獸皮。這可是無價之寶啊！老巴爹早就聽祖輩說過：將神奇的谿邊的獸皮鋪墊在家裏的石凳上，不管是誰患病，不管患了什麼怪病，只要在鋪墊谿邊獸皮的石凳上坐一坐，就能將疫病驅逐，從此，再也不會中妖邪毒氣。

「哩哩──囉──哆！」鳳皇又叫了，不過叫聲有點憤恨，彷彿在告訴老巴爹：「禮義仁信，天下太平，玫瑰妖精不除，天下能太平嗎？」

玫瑰妖精？老巴爹想起來了，想起了那個自稱「仙女」的披着玫瑰花瓣的美女。嘴裏噴灑乳白煙霧謀害巴娃、巴鐵的美女，賊喊捉賊、血口噴人、侮辱鳳皇的美女，恰恰是蛇蠍心腸的玫瑰妖精。

鳳皇說得好，妖精不除，天下能太平嗎？

一陣狂風掀起一堆卵石，卵石飛到空中，如雨點般灑落下來。老巴爹抬頭，一眼就望到腳踩祥雲的美女又露面了，只是瞬間搖身一變，變成了身披玫瑰盔甲，腳踩風火石輪，面目猙獰的妖精。

老巴爹手無寸鐵，不知如何應對妖精。妖精沒把老巴爹放在眼裏，嘴裏噴出一束火，玫瑰盔甲化成一支支利箭，密集的利箭猛射鳳皇。鳳皇早有防備，頭上的「德」字支撐着「禮」「義」「仁」「信」四個字，四個字變成了四塊盾牌，擋住了一支支利箭，利箭紛紛跌落，鳳皇毫髮無損。玫瑰妖精狂怒，飛起一腳，風火石輪飛向鳳皇，鳳皇拍搧翅膀躲開了石輪的攻擊。妖精一步一步朝鳳皇走來。鳳皇腹部的「信」字變成了兩個小人，對鳳皇耳語，鳳皇越飛越高，登上了懸掛在山峰上的大巖石，妖精腳踩一個風火石輪奔向山峰。鳳皇胸部的「仁」字變成了兩個小人，爬到妖精的耳畔說悄悄話：「天帝快來了，你還不快跑？」妖精害怕了，回頭看了看，只見鳳皇翅膀上的「義」字變成了一把鋼叉，扎瞎了妖精的眼睛；背部的「禮」字變成了一把鐵鈎，鈎住了妖精的嘴巴，嘴巴再不能噴火了。妖精忍着劇痛，身子開始癱瘓，就在她步履艱難地走到山腳下時，一塊巨大的巖石從天而降，將妖精壓在底下，永世不得翻身。

「鳳皇除妖精，太平鳥送來了太平日子，太平日子終於又來了，這又是天帝的恩賜啊！」老巴爹一邊喃喃自語，一邊擊石取火，點燃了木柴，燃起了篝火。篝火熊熊燃燒，金色的光芒映照着部落的石洞和石洞旁的樹林。

「瞿如！瞿如！」瞿如嘴裏嚼着杜衡神草，臉上又露出燦爛的笑容，拍搧着矯健的雙翅，飛到了篝火的上空，好像在展示重獲健康的容貌。

　　瞿如在篝火上歡樂地盤旋着，老巴爹、巴娃娘、巴鐵、巴娃和部落的居民一起圍着篝火高歌狂舞，高歌太平鳥鳳皇送來的福報，慶祝巴娃、巴鐵恢復了健康，谿邊送來了驅逐疫病的獸皮……

　　篝火越燒越旺，越燒越旺，突然，一簇簇火苗躥向高空，蹦出五個金光閃閃的碩大的字：「禮」「義」「仁」「信」「德」，五個字正在變幻着奇異的色彩：紅如霞，藍如天，白如雲，綠如草……

　　「哩哩——囉——哆！」篝火中傳來了鳳皇的叫聲，那是在說「禮義仁信，天下太平」啊！只見鳳皇渾身是火，在烈火中錘煉，身子更壯實了，羽毛更豔麗了，翅膀更矯健了。牠縱身一躍，躍到了篝火的上空，深情地望了大伙一眼，然後轉身朝遠方的天帝山飛去，那天帝山一定是鳳皇的家。

故事取材

### 《南山經·南次三經》

原文：（禱過之山）有鳥焉，其狀如鵁（普：jiāo｜粵：交）而白首，三足人面，其名曰**瞿如**，其鳴自號也。

譯文：禱過山中有一種鳥，牠的形狀像鵁，長着白色的腦袋、三隻腳和人一樣的臉，名字叫瞿如，鳴叫起來就像在呼喚自己的名字。

### 瞿如（清·《禽虫典》）

瞿如是人面三足鳥，樣子像水鳥赤頭鷺，白腦袋，叫聲如同呼喚自己的名字。

原文：（丹穴之山）有鳥焉，其狀如雞，五采而文，名曰**鳳皇**。首文曰德，翼文曰義，背文曰禮，膺文曰仁，腹文曰信。是鳥也，飲食自然，自歌自舞，見則天下安寧。

譯文：丹穴山中有一種鳥，形狀像雞，全身上下長滿五彩羽毛，名叫鳳皇。牠頭上的花紋是「德」字的形狀，翅膀上的花紋是「義」字的形狀，背部的花紋是「禮」字的形狀，胸部的花紋是「仁」字的形狀，腹部的花紋是「信」字的形狀。這種鳥，吃喝很自然從容，常常是邊唱邊舞，牠一出現天下就會太平。

**鳳皇（清·汪紱圖本）**

鳳皇即鳳凰，雄鳥被稱為鳳，雌鳥被稱為凰。《禮記》中將鳳皇與麟、龜、龍合稱四靈。鳳皇又是南方朱鳥，被視作仁瑞的象徵。

### 《西山經・西次一經》

原文：（天帝之山）有獸焉，其狀如狗，名曰谿邊，席其皮者不蠱……有草焉，其狀如葵，其臭如蘪蕪，名曰杜衡，可以走馬，食之已癭。

譯文：天帝山中有一種野獸，牠的形狀像狗，名叫谿邊，人坐臥時鋪墊谿邊獸的皮就不會中妖邪毒氣……山中還有種草，牠的形狀像葵菜，散發着蘪蕪似的氣味，名叫杜衡，馬吃了就會腳力飛快，人吃了可以治癒脖子上的瘤。

**谿邊（清・《禽虫典》）**

谿邊，又名蹊邊，是一種樣子像狗的奇獸，傳說用牠的皮做蓆子可以辟蠱，也可運動血氣。民間在正月殺狗、以狗血辟除不祥的習俗便是源於此。

# 黃鳥

宋雪蕾 文

又東北二百里，

曰軒轅之山。

其上多銅，其下多竹。

有鳥焉，其狀如梟而白首，

其名曰黃鳥，

其鳴自詨，食之不妒。

【北山經・北次三經】

　　軒轅山下有一片浩瀚的竹海。一隻鳥以此為家，孤單地生活着。此鳥名叫黃鳥，卻披着一身如泥土般髒兮兮的褐黑羽毛，牠形似貓頭鷹，純白短毛包裹着的腦袋顯得異常醒目。腦袋上長着一對深色尖耳，眼睛渾濁，蒙着眨不去的白膜。牠常常用粗短壯實的雙足，牢牢地抓在竹枝上，在幽暗中呆呆地仰望。天空在哪裏？天空被密集交叉的竹葉遮擋得嚴嚴實實，只漏下零碎斑駁的光點。牠轉動着腦袋朝四周尋覓，希望能找到一絲別的色彩，然而綠海將牠包圍吞沒，看不到其他的顏色，久而久之，黃鳥的心被固化的環境洗練得非常單一。

　　某天中午，黃鳥在枝頭打瞌睡，一束晶亮的陽光恰巧照在牠頭頂，暖意溫熱了黃鳥的腦袋。牠醒來後一反常態，心裏湧起一股衝動，猛撲雙翅，張喙向天鳴叫：為何我要被囚禁在竹海裏？竹海外面到底是個怎樣的世界？我要出去！黃鳥奮力一蹬雙足，朝前飛去。牠使出渾身蠻勁想飛個痛快，卻找不到明確的方向，無數竹子擋在面前，牠只能飛飛繞繞，艱難曲折地飛着，魯莽地衝着。

　　不知道飛了幾日，黃鳥筋疲力盡地遠離浩瀚的竹海，已是午夜。夜色蒼茫，陰雨中天地混沌。沒有竹林的庇護，黃

鳥冷得渾身哆嗦，牠縮着脖子，肚子餓得腸子都抽緊了，一副落魄的窘相。天亮了，黃鳥才發現自己來到了一個陌生的村莊，周圍有幾間低矮的茅草屋。

這時一個挽着藤條籃的女人開門出來，她看見哆嗦着、羽毛蓬亂的黃鳥縮在屋簷下，同情地低語道：「可憐的鳥，看你蔫成什麼樣了。」她從籃裏抓了一把穀子撒在地面前便走了。快餓昏的黃鳥啄了穀子，抬頭望見女人遠去的背影，她又瘦又高，好像一根會走路的竹竿，很是特別。吃了食，恢復元氣後的黃鳥在村莊裏閒飛，飛停到小山坡上，四處瞭望。只見一條河繞着村莊流淌，河邊男人們圍成圈搓草繩，女人們在洗衣服。黃鳥與人隔河相望，牠用河水洗去羽翼上的塵土，思忖：這裏會成為我的家嗎？

入夜，黃鳥站在高處望着月光下瑩亮的水面，十分茫然，不知該去往何處。突然，有魚從蕩漾着的河裏躍出，飛起落下，落下又飛起，帶着清脆的水聲。一個未入眠的女人從視窗看見了，興奮地叫喊起來：「文鰩魚！文鰩魚現身了！」女人一聲驚叫，攪亂了夜的寧靜。睡夢中的村民紛紛驚醒，湧到了河水邊，他們捧着泥土製成的盛器，泥碗、泥盆、泥瓴中裝滿自家的豆子、穀子、黃米、小麥粒，恭敬地擺放在河邊，接連排成長長的一排。一根根點燃的火把照亮了村莊和水面。村姑們頭戴草環，插着長長的漂亮的野雞花翎，腰圍草裙。黃鳥在人群中見到了餵自己穀子的女人，她嗓門高，人高，村裏人都叫她高女人。黃鳥被這新奇、壯觀

的場面吸引着，飛向岸邊。

「文鰩魚來了。」村民連忙跪下叩首，口唸祈福的祝詞。文鰩魚撐開一雙寬大強勁的鳥翅，從水中翩然飛躍而出。蒼色的斑紋鱗片包裹着曲線優美的魚身，在火光映照下，如同抹了淡淡的金光。

「神魚，神魚，謝謝賜福！」

村民手舉稻穗歡呼雀躍，歡欣的臉上洋溢着祥和的笑容。文鰩魚是水中神魚，難得一見。一旦現身，便預示着天下將迎來五穀豐登、吉祥如意年。黃鳥目睹文鰩魚享受如此殊榮，心中掠過一絲羨慕，瞬間又隱隱地不悅，瞪大雙眼搖着頭，像有幾條蜈蚣爬在心頭，抓得好難受：會在水上飛，有什麼了不得，憑什麼能贏得眾人的擁戴、享受帝王般的待遇。我也有翅膀，定能勝牠一籌，都來朝拜我吧！牠雙翅一振，像鷹一樣猛衝到河水上空，而後故意慢飛，期待村民的歡呼。

「鳥，這兒可不是你待的地方。快去別處。」高女人朝鳥擺擺手，善意地勸說道。

「噓──走開，別阻礙神魚出現。」

「雜鳥，弄髒天道，要受懲罰！」

幾個男人冒出極不耐煩的聲音。

黃鳥沒有迎來歡呼，卻聽到憤怒的驅趕與責罵聲，牠滿腹不平的怨氣，肚子膨脹得滾圓，爆出血紅的眼珠。此時，文鰩魚正從水中躍起，翅膀神氣地展動着，魚尾挺直。村民

的歡呼聲一浪蓋過一浪，他們抓了盛器中的五穀，一把把灑向水中，款待吉祥神魚。

「神魚，有你護佑，我們一定能過上稻穀飄香的好日子！」村民虔誠地說。

黃鳥氣憤不平，喙中吐着大口粗氣：文鰩魚，你想獨霸好事！牠顫動身體蓬起羽毛，抖出片片飛舞的小毛，想把小毛黏貼到文鰩魚身上讓牠飛不起來，無奈那小毛無論如何都未能黏上文鰩魚的身體，卻被一陣風颳走了。

文鰩魚依然從容地飛着。

「搗亂，你故意來搗亂！」有人指着黃鳥發怒。

「逮住雜鳥，殺死牠！」有人忍無可忍。

「何必對一隻孤單的鳥這麼蠻橫。」高女人對周圍人說，又朝黃鳥和善地叫道，「我知道你沒有壞心眼，只是想湊個熱鬧吧。還不快走。」

「幹嘛要袒護一隻不識趣的惡鳥？」

憤怒的村民撿起小石頭紛紛朝牠扔去，黃鳥見勢不妙，左躲右閃，灰溜溜地逃了，臨去時回頭憎恨地瞪了村民一眼：別以為永遠吉祥如意，霉運會找上你們的。

天地之大，黃鳥卻找不到容身的家，牠在空中漫無目的地流浪。流浪的日子越發孤獨，酸苦味在身體裏發酵。牠漫無目的地往西搖晃着飛去，在符禺山落腳停歇。一隻毛色雪白、體態如羊的蔥聾，邁着四足安然地散步，一把美麗的紅鬍鬚在風中輕輕飄着。黃鳥嫉恨地盯着蔥聾的紅鬍鬚，在心

中詛咒：火，一把火，燃燒燃燒，美麗的傢伙命不長久！一條大蛇在遠處草叢中探出頭，帶着一身花皮快速遊動。你，沒有腳，居然比我跑得快！我要啄爛你！黃鳥張開爪子衝過去，大蛇卻沒理睬牠，一甩尾巴逕自遊走了。

　　孤苦的黃鳥在山上轉悠，抬頭仰望蒼穹，黑沉沉的夜空渺茫無邊，兩顆星忽明忽暗。莫非文鰩魚游到夜幕中，閃着魚眼取笑我？黃鳥耷拉着耳朵，酸楚地顫抖起來。不久夜空繁星閃爍，顯得靜謐、廣闊、秀美。星星這麼小，卻這麼亮，比我的眼睛還亮。不行！我非要把所有的星星，一顆一顆都啄下，讓星星披滿我身，我是世界上最亮、最美豔、最高貴、飛到哪裏都受到朝拜、天下唯一的星星鳥……牠狂怒地一躍，跳到樹枝上，又昂首朝高遠、深邃莫測的夜空猛烈地撲去，一下墜落在樹叢中。牠凝視着星星，重新迅猛地向上飛衝，又掉落到地上，卻沒能啄下一顆星。怨氣像堅硬的樹杈一樣亂竄，撐滿牠的胸膛。筋疲力盡的黃鳥瘋狂地怒鳴：不想再看到這一切！牠憤然搧動翅膀，盲目狂飛，翻山越嶺，一頭撞到岐山上的臭椿樹幹上。嗵！黃鳥仰天跌落在地，胸膛爆裂開。牠從眼角瞥見一顆黑色的心蹦了出來，化成一縷黑煙，飄遠了。

　　淡淡的酸臭味瀰漫在山間。岐山山神涉蠱[1]長着長方形人臉，拖着三條腿，巡山到此，一眼望見地上的黃鳥屍體，

---

[1] 涉蠱（普：tuó | 粵：駝）：長着三條腿的山神。

他歎了口氣：「這鳥命不該絕，留着牠吧。」說罷，他縱身一躍，從樹上摘下一片栬木葉塞進黃鳥的胸膛，雙手一合，開裂的胸膛立刻合攏復原。黃鳥雙腳抽動，翻身站立起來，頃刻，毛色油亮，眼神清澈，從一隻粗俗鳥脫胎成有靈氣的鳥，轉動脖子仰視眼前站立着的體型魁偉、面目和善的山神。獲得新生的黃鳥驚愕又恭敬。

「你已重生。」山神說，「新心代替了舊心。有何種心，做何種事。」

黃鳥目視遠方，樹葉青翠，彩雲滿天，一切清麗美妙。牠感激地鳴謝山神：「救命之恩，此生永記。」山神說：「善心伴你遠走高飛。願別人有難你能相助。」黃鳥恭謙伏地，隨後展翅，一躍而飛。黃鳥忘不了曾經停留過的那個小村莊，尋尋覓覓，終於又回到了那裏。

只見村子裏一群紮着沖天辮、繫着肚兜的男孩虎頭虎腦地在打鬧，胯下騎一根竹竿當馬跑，女孩拔尖嗓子尾隨着唱道：「生男生女太調皮，生個圓月亮才稀奇。」他們繞着村子前後嬉笑鬧騰着，正從村西高女人家的門前跑過。

「小崽兒再來，我抽斷你們的腿。」高女人站在門口手拿柳條揮舞着，看着孩子們被趕着遠去。她恨不得再吹一口氣把他們變成飛蛾，在天空一哄而散，讓他們的爹娘永遠找不到自己的孩子。丈夫勸她進屋來，她返身坐在炕頭上，面無表情地喃喃自語：「我什麼時能生個會走會跑會叫娘的孩子呢？」高女人什麼都強，嘴利索，手靈巧，不服輸，會

說笑，識花草，唯獨說到孩子就泄氣，她想生孩子都快想瘋了。高女人時常在家裏將泥巴又搓又捏，讓巴掌大的小泥人躺了半邊炕，抱抱這個，親親那個。「孩子，都起來玩吧，讓娘也順順心。」她反反覆覆嘮叨，用指甲在每個小泥人臉上戳了兩條彎，「看看娘吧！」黑不溜秋的小泥人一個也不會眨眼。

　　黃鳥飛經此地，下降盤旋中，望見一個熟悉的身影——又高又瘦像根竹竿，不正是餵過自己穀子的善心女人麼？黃鳥發覺她心中似乎有團黑色的東西在跳動。為何她討厭別人的孩子！分明是黑煙鑽進了她的身體，她正遭受它的傷害。黃鳥想下來拯救她，翅膀飛得撲啦撲啦響。

　　這天，高女人獨自去偏遠的嶓冢山採來了葿蓉②，她把葿蓉的黑色花朵搗碎揉進麥粉中，揉成團子蒸熟了，外面滾一層炒香的白芝麻粒，做成噴香好看的麻球。

　　「做這麼多麻球，怎麼吃得了？」丈夫不解地問。

　　「女人的事，你不懂。」她撇着嘴冷冷地回答，拎了裝麻球的籃子，走出門。見到一群說笑的村姑，高女人換了一張帶歉意的笑臉：「妹子們，前陣子我對你們的孩子太兇，都是我的錯。今天新做了麻球，請大家嚐個鮮，算我給大家賠個禮。」

---

② 葿（普：gū｜粵：骨）蓉：一種傳說中的草，開着黑色的花朵，不結果實。人吃了這種草將無法生育。

　　村姑們面面相覷，摸不透她的心思，望着她手中的麻球，沒人接她的話。說起來村中誰都沒她靈巧聰慧，這麼個心氣很高的高女人怎會服軟？

　　「我的麻球不害人。我吃一個給你們看。」她挑了一個有滋有味吃着，香氣瀰散在大家鼻尖，「吃了麻球，生娃不愁。我為自己也為大家祈福……」

　　村姑們不好意思辜負高女人的一番好意，也被食物的香味誘惑了，一個個伸手去接她遞來的麻球，正要放入口中嚐，不遠處的黃鳥俯衝而下。牠聞得出蓉蓉草的氣味，這氣味告訴牠，吃了麻球女人就不能生孩子。高女人自己吃的是用黑芝麻粉代替了蓉蓉草的麻球，除了黃鳥沒有人能發現。黃鳥兇猛地搧動翅膀要撲去害人的麻球，麻球沒有被撲落，反而使大家誤認為牠來搶食，憎恨這隻鳥的粗魯野蠻。

　　高女人唯恐自己的詭計被識破，無名火起：「惡鳥，你來，總沒好事！我的麻球沒你的份。」

　　「噓──」高女人領頭把黃鳥轟走了，村姑們吃了她的麻球，嘖嘖稱讚。

　　眼見村莊要遭大難，所有人家都會絕後，村民還被蒙在鼓裏，黃鳥心急如焚，搖頭歎息，在小山坡上焦躁不安地徘徊，思索着唯有求山神施救。

　　「山神，救人！」黃鳥飛到涉山神面前鳴叫，把村莊裏高女人暗害村姑的事情稟告山神。

　　「救人，你可以。」山神平靜地說。

　　我，一隻平庸的鳥怎能救人？黃鳥歪着腦袋，不解其意。

　　「只要你願意。」山神望着黃鳥鄭重地說：「吃你善心之肉，可驅邪念。除了你，別無替代。」

　　黃鳥略微遲疑後，點頭鳴叫着應允：「山神給我新生命，我願意獻身拯救村民。」一聲長鳴後，黃鳥莊嚴地伏拜山神，飛向村莊。

　　村莊依然很平靜，黃鳥能看出這是危機覆蓋下無人察覺的平靜。高女人在場子上曬穀子，黃鳥在她頭頂不遠處盤旋鳴叫，繞着圈越轉越快，讓身體粉碎成小肉粒飛散下來。

　　「天上下肉雨了！」高女人最先發現，驚異地撿起來嚐嚐，軟、嫩、清涼，少有的稀罕味道，她吃下一塊。不久，高女人胸口一陣難受，堵得透不過氣來，她猛咳一聲，吐出一口黑色濃痰後，胸口通暢，心靈又變回了清純透亮。她摸着胸膛朝天懺悔着：我不該，不該做傷天害理的事！這一晚，她伏在丈夫懷裏大哭一場，丈夫望着她，猜不透女人究竟為何而哭，問了也不回答。

　　第二天，高女人笑呵呵地在場子上的大石頭桌上，泡了一碗碗荀草茶，熱情地邀請吃過她麻球的村姑來喝茶：「妹子們，這茶可是天上仙女才能喝的喲！來潤潤喉嚨。」大家都不知道喝了荀草泡的茶可以解百毒，人會氣色紅潤。高女人一改過去嫉妒的眼神，開心地抱着鄰家的孩子，追着一群母雞逗他玩：「雞下蛋，蛋孵雞，雞下蛋，蛋孵雞……」

　　一隻很小的鳥時常飛來村子上空，悠然自在，沒人知道

牠的來歷。牠的身世說來非常奇特，是黃鳥身體粉碎後的一顆小肉粒飛落在遠處，肉中的善性靈氣又讓牠變成了一隻小黃鳥。黃鳥的前世今生都和這個村莊結下了深緣。

故事取材

### 《北山經·北次三經》

原文：（泰頭之山）又東北二百里，曰軒轅之山。其上多銅，其下多竹。有鳥焉，其狀如梟而白首，其名曰**黃鳥**，其鳴自詨，食之不妒。

譯文：泰頭山再往東二百里，是軒轅山。山上盛產銅，山下長着很多竹子。山中有一種鳥，牠的外形像貓頭鷹，腦袋是白色的，牠的名字叫作黃鳥，叫聲像在呼喚自己的名字，人吃了牠的肉就不會妒忌。

**黃鳥（清·汪紱圖本）**

黃鳥外形像貓頭鷹，鳥頭是白色的，古人相信吃了牠的肉可以治療嫉妒。傳說梁武帝的皇后郗氏生性嫉妒，梁武帝便用黃鳥作膳來給郗氏吃，希望能治癒她的嫉妒之心。

黃鳥

## 《西山經・西次三經》

原文：（鍾山）又西百八十里，曰泰器之山。觀水出焉，西流注於流沙。是多**文鰩魚**，狀如鯉魚，魚身而鳥翼，蒼文而白首赤喙，常行西海，游於東海，以夜飛，其音如鸞雞，其味酸甘，食之已狂，見則天下大穰。

譯文：鍾山再往西一百八十里，是泰器山。觀水發源於此，向西流入流沙。水中多文鰩魚，形狀像鯉魚，長着魚身鳥翅，渾身佈滿蒼色的斑紋，有白色腦袋和紅色嘴巴，常在西海活動，在東海暢游，夜間飛行。牠的聲音如鸞雞啼叫，牠的肉酸中帶甜，人吃了可治癲狂病，牠一出現天下就會五穀豐登。

### 文鰩魚（清·汪紱圖本）

文鰩魚是一種魚鳥共體的奇魚，又叫作飛魚，是豐年的徵兆。

## 《西山經・西次一經》

原文：（小華之山）又西八十里，曰符禺之山。其陽多銅，其陰多鐵。其上有木焉，名曰文莖，其實如棗，可以已聾。其草多條，其狀如葵而赤華，黃實，如嬰兒

舌,食之使人不惑。符禺之水出焉,而北流注於渭。其
獸多**葱聾**,其狀如羊而赤鬣。其鳥多鴖(普:mín|粵:
文),其狀如翠而赤喙,可以禦火。

譯文:小華山再往西八十里,是符禺山。山的南面盛產
銅,山的北面盛產鐵。山上有一種樹,叫作文莖,牠的果實
像棗子,可以治療耳聾。山裏的草以條草為主,條草的形狀
與葵菜差不多,開紅色的花朵,結黃色的果實,果實就像嬰
兒的舌頭,人吃了遇事就不會迷惑。符禺河水就從這山發源,
向北流淌注入渭水。山裏的野獸多是葱聾,這種野獸形狀像
羊,長着紅色的鬣毛。山裏的鳥多是鴖鳥,這種鳥的形狀像
翠鳥,有紅色的嘴巴,蓄養這種鳥可以避免火災。

### 葱聾(明·胡文煥圖本)

葱聾是一種異羊,黑
腦袋,鬣毛赤色,也是神
話中可以避凶邪的猛獸。
清代學者認為葱聾是野羊
中的一種。

### 《中山經·中次八經》

原文:(光山)又東百五十里,曰岐山。其陽多赤
金,其陰多白珉(普:mín|粵:文)。其上多金、玉,

其下多青雘（普：huò｜粵：獲），其木多樗。神**涉䮝**（普：tuó｜粵：駝）交處之，其狀人身而方面，三足。

譯文：光山往東一百五十里，是岐山。山的南面盛產黃金，山的北面有很多白色的像玉的石頭。山上盛產金玉，山下有很多可以用作顏料的青色礦物。山裏的樹木大多是臭椿樹。神仙涉䮝住在這裏，他長着人的身軀，方形面孔，有三隻腳。

**涉䮝**（明·蔣英鎬圖本）

岐山山神涉䮝是個三足怪神，他長着人的身子，一張四方形的臉，三條腿。在一些傳說中他還長着老虎的爪子。

### 《西山經·西次一經》

原文：（嶓冢之山）有草焉，其葉如蕙，其本如桔梗，黑華而不實，名曰蓇蓉，食之使人無子。

譯文：嶓冢山中有一種草，葉子像蕙草葉，莖幹像桔梗，開黑色花朵但不結果實，名叫蓇蓉，人吃了它就無法生育。

# 鳥鼠同穴

宋雪蕾 文

又西二百二十里，

曰鳥鼠同穴之山。

其上多白虎、白玉。

渭水出焉，而東流注於河。

其中多鰠魚，其狀如鱣魚，

動則其邑有大兵。

【西山經・西次四經】

　　說來奇怪，有座山的洞穴裏，居住着一隻鳥、一隻鼠。

　　鳥，本該在天上飛翔，不過此山此地的這隻鳥卻例外。牠是一隻雌鳥，個頭嬌小，異常靈敏，灰白羽毛中掺着少許雜色，喙尖且黑，尾巴和身體差不多長，在黑魆魆的地上啄啄停停，若有所思。旁邊一隻體形比鳥大的雄鼠，披着深褐色的短絨毛，小腦袋上眨着兩點蚜蟲似的眼睛，四根又短又瘦的腳撐着飽滿的軀體，時不時側臉望着朝夕相伴的鳥。

　　鳥和鼠不是同類，習性各異，可牠們竟然在這個洞穴裏互相依存，平安度日。在洞穴的角落中閃着一絲亮光，好像夜空中溜進來的一線月光，這其實是一顆珍珠發出的亮色，將昏黑的洞穴點綴得活潑輕快起來。這顆珍珠怎會落到洞穴中？只因珍珠和一條魚的命運有關，鳥和鼠奇跡般地救過這條魚。魚贈給牠們一顆珍珠，誰也不曾料到，這顆珍珠日後引發了一場災難。

　　事情還得回溯到某日，那天天氣晴好，鳥和鼠一同出洞散心，享受日照。鳥雖說長了一對翅膀，卻無多大造化，不能騰空高飛、凌雲展翅，況且在高原沙地找不到一棵樹，也無法飛上枝頭築巢，只能撲棱着翅膀離地飛飛停停。即便如

此，鳥依仗比鼠多一對翅膀的優勢，傲氣十足，躍上鼠背，目視遠方。鼠憨厚地不聲不響，馱着鳥向前慢走，這是牠們常見的出行方式。牠們朝着渭水的方向前行，去河邊喝水，潤潤乾渴的嗓子。在黑暗的洞穴裏生活，既缺乏飲水，又滋生寂寞，但是能遮風避雨，還稱得上安穩平靜。

鼠稍累便停步，四下張望一番，噘嘴拱了拱癩頭皮般的草皮，想逮隻小蟲解解饞。鳥不滿地在牠腦門上「篤」地用尖喙啄了一下，告誡牠別漫不經心：找什麼找，憑你那笨嘴能拱到活物？還不是每次靠我的尖喙，叼出藏在草皮下的螻蛄，讓你吃個痛快！鼠愣了一愣，回頭和鳥一個相望，順從地接受鳥的教訓。這並不是鼠懦弱，而是鼠不能忘卻鳥對自己的好。

那次，鳥和鼠分散着玩樂，突然半空中出現一隻盤旋着的禿鷹，張着黑壓壓遮天的巨大翅膀，鷹眼兇狠，毒辣辣地瞄着鼠。正當牠迅猛衝下欲一口叼走鼠飽餐一頓之際，鳥見勢不妙，機智地急叫：「啾！啾！啾！」牠飛飛繞繞，干擾着禿鷹的路線，視力短淺的鼠聽聞緊急警報，慌忙逃向洞穴，躲過一劫。

鼠背負着鳥，邊走邊靜靜地回憶着劫後餘生的驚恐，掂了掂背上的鳥，與鳥相處的往事可不是三言兩語能說盡的。鳥總是高傲地昂起尖喙，擺出愛理不理的姿態。鼠渾身奇癢難受之時，躺在地上摩擦着背脊，又靠着洞穴壁摩擦，伸出爪子在身上狂抓，鳥卻扭頭佯裝不見。鼠奇癢難熬，對着鳥

吱吱尖叫求救：「幫幫我吧！我會服從你的命令。」鳥這才一點頭，鼠趕快躺在洞穴口的陽光下，放鬆身體任憑鳥翻開毛皮東啄西啄，啄去討厭的虱子。

鼠邊走邊回想着往事，鼠背上的鳥看似清閒，腦子也忙着思量：多虧鼠挖了洞，才有我們的容身之處，只是洞穴太小了，窩在裏邊大氣也喘不了幾口，得讓鼠多使點勁把洞穴再拱大，天頂要高得讓我能跳起撲騰兩下翅膀，前後要寬敞，讓我能來回繞幾個圈，以後如果再添一群小鳥，就是一個鳥鼠的王國……鳥越想越興奮，大白天編織起自己的美夢。

然而此時不遠處意外的一幕打斷了鳥和鼠的思緒。只見一個白亮亮的東西在地上彈起跌落，伴隨着一陣陣淒慘的嚎叫，像撞擊磐石發出的沉悶粗獷的聲音，又好似被砍了一刀的巨蛇驚慌痛苦地逃竄，將寧靜的環境攪得焦躁不安。鳥敏捷地跳下鼠背，鼠緊跟着牠快速跑向那裏。

只見白亮亮的東西模樣很奇特，說牠像魚卻長着一對鳥一樣的翅膀，說牠像鳥卻有魚一樣的身體。牠張着鳥喙，淒楚哀嚎着，眼中流露出求救的神色，身上的鱗片乾結得翻翹起來，雙翅耷拉在兩旁，尾鰭垂落，漸漸地不再動彈，看上去生命已到盡頭。水中之魚怎會在地上遭受烈日的暴曬？來不及細想，鳥啾啾一叫，上前咬住魚的胸鰭，並示意鼠也如此照做。鼠卻木然不動：「牠是誰？何必費力多事，馱你就夠我消耗體力了。」鳥憤然一瞪圓眼，鼠不再堅持，牠們咬

住魚的胸鰭，奮力將魚往渭水拖去。魚啊，願你不死。今日相遇，來日成鄰居。鳥在心裏默默禱念着。

魚入水，即刻鮮活靈動，擺動尾鰭潛入深處游弋。鳥和鼠站在水邊，見此景驚詫不已。魚兒離不開水，此話不假。忽然，獲救的魚躍出水面，口中銜着一顆銀白色的珍珠，朝鳥游過來，伸長脖子做出給予的姿勢。鳥猶豫着沒動，不知該不該去接珍珠。魚挺立起身子，又祈求似地哀叫，鳥不忍聽牠叫下去，張開喙接過珍珠，魚這才搖動尾巴安然游走了。鳥心想：莫非真的遇見了魚仙絮鮼魚[①]？傳聞渭水中有絮鮼魚，經歷五十年磨礪，體內才能夠孕育出一顆珍珠，神奇無比，然而從沒有人真正見識過珍珠。鳥口銜珍珠，鼠跟隨其後，連蹦帶跳跑回洞穴。

整座大山如同一件厚實的袍子，包裹着洞穴睡在夜色裏。鳥將珍珠安放在一塊小石頭上，昏暗的洞穴裏閃出一線光亮，劃破洞穴裏的黑暗，帶來了靈氣。鳥驚喜地圍着珍珠前前後後打量，這顆珍珠圓潤瑩亮，真是稀世之寶啊，它讓粗陋的泥沙洞穴燦然生輝，如同圓月住了進來。鳥歡愉地跳躍着，鼠趴在珍珠前一言不語，守護着這個寶物。

這一夜，註定是一個不眠之夜，鳥不斷膨脹着輕盈的幻想，這些幻想像無數的雲，把洞穴塞滿，彷彿要使洞穴升騰起來。不久，鳥眨着眼皮，睡意泛起，鼠靠着鳥，滿足地

---

① 絮鮼（普：rú pí｜粵：如皮）魚：傳說中一種能孕育珠玉的神魚。

昏昏欲睡。鳥瞄見瞌睡中的鼠，啄了啄牠的腦袋，又伸出爪子一把抓在牠身上，喉嚨裏低聲啾啾：你怎能和我一樣？鳥忽然覺得肚子沉重起來，「有蛋了？」牠一陣欣喜，「我要當鳥媽媽了！」那爪子非常尖銳，抓在鼠皮上，鼠縮了縮脖子，還是感到些微的痛。鳥對着鼠啾啾，發泄着不滿：「看看我們的家，這個洞穴實在太逼仄，雛鳥一出生，地方咋夠用？你得更勤快地挖洞、拱土、摳泥！不多花點時間幹活，洞穴沒法擴大。這活兒，沒亮光照樣能幹！何況現在有珍珠的亮光。」鳥嘮叨個沒完。「哎，乾耗着，還不如幹活。我認命吧。」鼠一個轉身，開始挖洞、拱土、摳泥……

寂靜的夜晚，鳥喜歡享受這隱隱約約、窸窸窣窣的聲音，枕着不遠處渭水的水波溫柔的聲響，暢想未來家族會興旺繁盛。牠盯着坑坑窪窪的洞穴壁想，每增大一點空間，都必須記得這是鼠創造的偉大功績。

接下來的日子讓鼠不知所措。「你怎麼啦？你怎麼啦？」極少言語的鼠對着鳥吱吱地呼喚。牠發現往日機敏的鳥，如今呆坐在沙堆上，整整三天不吃不喝，也不搭理鼠。鼠很擔憂，卻無能為力，只好偎依着鳥。

終於，鳥生了一個極大的卵，孵化出三隻小雛鳥。小雛鳥嗷嗷待哺。哪裏去找吃的呢？鼠急得亂抓地皮。突然牠呆住了，發現珍珠表面有些異樣，對鳥吱吱直叫：「看吶，這是什麼？」掛在珍珠下的晶亮圓滴兒，不是水珠嗎？牠們舔着水珠，品嚐出淡淡的甘甜味。一滴被舔完，珍珠表面慢慢

地又滲出一滴。鳥啾啾地說：「這是絮鮡魚託珍珠帶給我們的仙露啊。」

小雛鳥擠在悶罐般的洞穴裏，太憋屈了，時常伸頭朝洞穴外張望。鳥想：是該帶小雛鳥們出去開開眼界了。鳥和鼠捨不得將珍珠獨自留在洞穴中，於是鳥頭頂珍珠，珍珠像璀璨的王冠，熠熠生輝，鼠在旁護衞着小雛鳥，緩緩而行。牠們到沙地上打滾，洗沙浴，互相戲耍。珍珠被放在沙地上，與天空中耀眼的太陽遙遙相望，閃出奇異的絢麗光澤，異常地醒目。遠處，一雙狡黠的賊眼死死盯住了它。

這是山腳下一個體格粗獷、裸露着上身、皮膚粗糙黝黑的人的一雙眼睛。他厭惡勞動，懶惰成性，整天到處閒逛，有着順手牽羊、偷盜山民食物的惡習。因他背上有塊娘胎裏帶來的大黑斑胎記，附近山民送他外號「黑斑山賊」。他正閒逛，尋覓偷盜目標，發現沙地上一物在陽光下閃耀着神奇的光彩，久久凝視，它顯得光越發美豔。山賊頓起歹念：它一定是傳說中的珍珠寶貝了。他微微一笑，暗自盤算着將它竊為己有，低語道：「此物入手，吃喝不愁。」他不敢魯莽，打算先假裝不經意跌倒在地，瞇着眼側身朝珍珠滾去，到近處再站起，搶個鳥鼠措手不及。

母鳥隱隱覺得附近有不祥之兆，牠警覺地眺望遠處，發現異樣，急切地高聲鳴叫，趕緊將珍珠銜入口中，率領小雛鳥和鼠迅捷地原路返回。山賊見陰謀被識破，猛力跳起，狂奔而來，對着鳥鼠緊追不捨。母鳥一回頭，察覺到山賊為搶

珍珠兇相畢露，心裏一陣抽搐：怎麼對付他？我的小雛鳥，我們的寶物，什麼都不能被奪去！山賊越來越逼近，鳥緊張過度，腿腳無力奔跑，癱軟下來。走投無路時，牠看見下面的沙，突然站起張開雙翅，對着撲來的山賊，快速撩沙，鼠同樣用爪子撩沙，小雛鳥也跟着撩沙，滿天沙塵揚到山賊面前，他雙手捂眼，腳步踉蹌。鳥和鼠一邊撩沙，一邊奮力奔跑着，沙彷彿和鳥鼠有緣，紛紛揚揚地漫起三丈高的沙簾子，遮擋着山賊的去路。山賊豈肯放棄難得一見的寶物，他解下麻布包頭巾，不停地揮去面前的沙塵，揮去一層又來一層。沙塵有意與他作對，旋轉着飛捲起來，將他封鎖在沙塵旋渦中。山賊使出野性，貓腰一頭猛衝出來。沙塵又彎彎繞繞，漫起沙塵迷宮，山賊眼前一片混沌，一時迷失方向，東闖西撞，耗費了大半天。待沙塵散去，哪裏還有鳥鼠的蹤影。

逃回到洞穴裏的鳥和鼠，經歷了一場危難，失魂落魄地趴在地上喘氣，珍珠滾落在一旁。如果沒有沙塵相助，後果不堪……小雛鳥和鼠因驚嚇和疲憊都睡着了，鳥環視四周，用喙整理着自己凌亂的羽毛。

珍珠悄然無息地轉動起來，轉着轉着，光照着洞穴，洞穴漸漸地擴大、寬敞起來。珍珠變得如蘋果般大，變成一個晶瑩剔透的圓球，發出彩光。平日鳥和鼠除了泥沙山、沙地、草皮，哪裏見識過什麼美物？洞壁上出現了一條條翡翠似的綠水草，飄搖着，洞穴裏發出如同金子般的光，各種形狀的水晶色小魚在綠水草和砂石中穿梭。鳥看着驚呆了，洞

穴啊，我們的家，簡直就是一座華美的水晶宮殿。牠唯恐這般美景轉瞬即逝，啄醒了小雛鳥和鼠。珍珠在絮鮠魚的身體中孕育五十年，闖蕩江湖河流，又回到渭水。珍珠不就是被救的絮鮠魚的化身，來與鳥鼠共處一室為友麼？小雛鳥們在美妙的洞穴裏嬉鬧，鼠抱着圓球痴痴地觀賞，想當初自己還不願救絮鮠魚，如今真是慚愧不已。正當鳥鼠萬分喜悅時，危險的霧霾卻沒有消散。

「一群小廢物，上天入地，我都能把你們找出來。」山賊氣呼呼地站在沙地嚷嚷，「珍珠是我的！」沙塵退去後，他跑進山中，上下尋覓鳥鼠的蹤跡。鳥鼠洞穴的洞口如刺蝟般大，十分隱蔽，不易被發現。到了夜晚，氣溫驟降，山賊冷得瑟瑟發抖。他既想搶珍珠又想找地方避寒，四處跑動着讓身體發熱。突然，他隱約聽見歡快的聲響，循着聲音找到了洞口，趴下望見洞內寬敞、美景如畫，正是鳥鼠的家。他激動地搓手竊喜：我要進去。可是洞口太小，難以鑽入。他撿來一塊石頭，「砰砰」敲打着洞口。母鳥聽到邪惡的刺耳聲響，判明來者不善。小雛鳥們和鼠驚懼地擁着母鳥，望着洞口。

洞口大了一點，山賊急不可耐地伸進一條手臂，把頭鑽進去，又艱難地伸進另一條手臂，賊眼滴溜溜地尋找着珍珠。「珍珠！珍珠！」燦爛的圓球聽見山賊聲，逆向轉動起來，洞穴漸漸地縮小，明麗的華光漸漸暗淡，洞穴又壓抑起來。山賊的手將要觸到小雛鳥了，母鳥狠命地衝上去一口

啄了他的手。「啊！」他疼得反手一抓，幸虧母鳥逃得快，翅膀上一根羽毛卻被他硬生生地抓掉了。山賊捏着手中的羽毛，兇殘地說：「小廢物，等着，我要把你們一個個捏死。」母鳥一閃身，想把恢復原狀的珍珠銜入口中，心慌意亂沒銜住，珍珠滾落而去，山賊伸手將珍珠扣在手掌下，隨後攥在手心狂笑：「我的了！終於是我的了！」

「吱吱！」「啾啾！」洞穴裏刺耳的尖叫聲起，鳥和鼠悲哀地哭泣。

珍珠啊，你不能與我們分離，不能落到強盜手中。珍珠啊，我們要患難與共。吱吱，啾啾，吱吱，啾啾……

山賊搶到了珍珠，想縮回手臂抽身而逃，鳥衝上去猛啄他的手，他拼命地掙扎往後縮，可是肩膀卡在了洞口，鼠衝過去啃他的手臂。山賊揮動另一隻手打鼠，小雛鳥們輪番跳起啄他的眼睛。他一手擋着臉，一手死死握着珍珠不放手。珍珠突然變得極冷極冷，凍得山賊的手臂像透明的冰雕。他驚恐得整個人都彷彿變成了冰，趕緊用力一拔，手臂斷了，山賊埋下臉，縮回頭，丟下一條手臂逃走了。

翌日中午，氣溫回暖，鳥鼠圍聚在山賊手臂旁，只見珍珠正從慢慢融化成水的山賊手中發出光亮，沒有一絲損傷，比先前更加晶瑩，璀璨奪目。

故事取材

### 《西山經·西次四經》

原文：（邽山）又西二百二十里，曰鳥鼠同穴之山。其上多白虎、白玉。渭水出焉，而東流注於河。其中多鰠魚，其狀如鱣魚，動則其邑有大兵。濫水出於其西，西流注於漢水。多<u>絮鮩</u>（普：rú pí｜粵：如皮）<u>之魚</u>，其狀如覆銚，鳥首而魚翼魚尾，音如磐石之聲，是生珠玉。

譯文：邽山再往西二百二十里，是鳥鼠同穴山。山上遍佈白虎、白玉。渭水發源於此，向東流入黃河。水中有許多鰠魚，牠的形狀像鱣魚，牠在哪裏出沒，哪裏就有兵災發生。濫水從山的西面發源，向西流入漢水。水中生活着很多絮鮩魚，牠的形狀像一個倒扣的烹飪器具，長着鳥的腦袋和魚翼魚尾，叫起來就像敲擊磐石發出的響聲，牠的體內能夠孕育珍珠美玉。

## 鳥鼠同穴（明‧蔣應鎬圖本）

鳥鼠同穴山又名青雀山、同穴山。其鳥為鵌（普：tú｜粵：途），其鼠為鼨（普：tū｜粵：突），鵌似燕而黃色，鼨如家鼠而短尾。鳥鼠的巢穴在地下數尺深處，鼠在內，鳥在外。

## 絮䱷魚（清‧畢沅圖本）

絮䱷魚又名文䱷魚，是一種魚鳥共體的奇魚。牠的身體就像一個翻過來的器皿，有鳥的腦袋和魚的尾巴。牠的叫聲像敲擊磬石的聲音。絮䱷魚類似珠母蚌，體內可以孕育珍珠。